Lore Hauser

Einsame Flucht

Lore Hauser

Einsame Flucht

Ein Mädchen in den Kriegswirren
1939–1945

rosenheimer

Titelbilder:
Oben: Privatbesitz der Autorin
Unten: © ullstein bild, Grimm
Lektorat: Ulrike Nikel, Herrsching am Ammersee
Satz: Buch-Werkstatt GmbH, Bad Aibling
Druck und Bindung: CPI Moravia Books, Pohořelice
Printed in Czech Republic

ISBN 978-3-475-53847-6

Für meinen Sohn Michael Hauser
und für meine Enkelkinder Delaine,
Magdalena und Antonia

Es ist alles schon so lange her.

Doch noch immer wache ich manchmal mitten in der Nacht auf, weil mich Erinnerungen aus der Vergangenheit überfallen.

Sie führen mich nach Hause zurück, in das Land meiner Kindheit – nach Insterburg in Ostpreußen. Ich will nicht, dass sie flüchtig vorüberziehen, und stehe auf, um sie festzuhalten – Stück um Stück.

So vieles ist geschehen.

Wenn man heute Insterburg auf der Landkarte sucht, wird man es kaum noch finden, es sei denn, der deutsche Name ist in Klammern unter die offizielle Bezeichnung gesetzt.

Insterburg heißt heute Chernyachovsk und liegt in Russland.

Es ist die Stadt, in der ich 1924 geboren wurde und die einmal meine Heimatstadt war.

Insterburg im verlorenen Ostpreußen gehört der Vergangenheit an.

Das Rad der Geschichte lässt sich nicht zurückdrehen.

Nach eines langen Lebens Reise fügen sich meine Gedanken zu einem Lebensbild zusammen, meiner Geschichte, und zum Bild einer versunkenen Welt.

Ich will gegen das Vergessen schreiben.

1.

Ein Geschlecht vergeht,
das andere kommt.
Die Erde aber bleibet ewiglich.
Buch Kohelet 1.4

Meine Geburt

Es war mir bestimmt, in diesem Haus in Insterburg geboren zu werden. Ein Wunschkind war ich nicht, und es gab keinen stolzen Vater, der auf meine Ankunft wartete. Schlimmer noch, mein Erzeuger erkannte die Vaterschaft nicht an und machte sich aus dem Staub.

Meine Gefühle für meinen unbekannten Vater waren und blieben hin- und hergerissen, ein Leben lang.

Meine Mutter lag nicht wohl versorgt und betreut auf der Entbindungsstation eines Krankenhauses. Nein, ihr Wochenbett befand sich in der kleinen Wohnstube meiner Großeltern, die ihr tröstend zur Seite standen.

Dort wartete auch schon mein Bettchen auf mich. Es war ein Waschkorb, der – jetzt zweckentfremdet – auf zwei zusammengestellten Stühlen stand.

Aber ich wollte offensichtlich nicht auf diese Welt kommen, lag wohl irgendwie falsch oder quer.

Mein Großvater hatte schon neunzehn Jahre zuvor die schwierige Geburt seiner jüngsten Tochter, meiner Mutter, miterlebt.

Hier und jetzt schien sich diese Situation zu wiederholen.

Und da die Hebamme nicht auftauchen wollte, ließ er in großer Sorge eine Frauenärztin rufen, die auch schnell zur Stelle war.

Sie war eine tüchtige und sehr liebe Frau. Mit ihrer Hilfe und gutem Zureden blieb mir schließlich nichts anderes übrig, als das Licht der Welt zu erblicken.

Es war der 23. Mai 1924, halb zwölf Uhr mittags.

Meine Großmutter nahm mich liebevoll mit offenen Armen entgegen und legte mich, nachdem sie mich in der Zinkwanne gebadet hatte, in den bereitgestellten Waschkorb.

Die Ärztin fragte: »Wie soll das kleine Mädchen denn heißen?«

Aber an einen Namen für mich hatte bisher niemand gedacht.

Meine Mutter, glücklich und dankbar, von den Schmerzen der Entbindung erlöst zu sein, und voll Bewunderung für diese Frau, die ihr so geholfen hatte, fragte zaghaft: »Darf ich meiner Tochter Ihre Vornamen geben?«

Die Ärztin lachte und meinte, sie würde sich gerne zur Verfügung stellen.

Alle waren erleichtert, und so erhielt ich die Namen Lore-Lieselotte.

Nur Opa murrte noch ein wenig enttäuscht im

besten Dialekt: »All wedder so e schettrige Marjell!« Ein Enkelsohn, wenn seine unverheiratete Tochter überhaupt mit einem Kind daherkam, wäre ihm lieber gewesen.

Ein prächtiges Haus und reiche Eltern hatte ich mir nicht ausgesucht, aber für die nächsten vierzehn Jahre sollte ich bei meinen Großeltern ein behütetes, liebevolles Zuhause finden. Meiner Mutter blieb nämlich keine andere Wahl, als mich in Insterburg zurückzulassen, während sie wieder nach Berlin zurückkehrte, um dort Geld zu verdienen.

Diese Entscheidung fiel ihr nicht leicht. Sie war zur Entbindung nach Hause gekommen, hatte keine Arbeit mehr und kein Einkommen. Es war die Zeit der großen Arbeitslosigkeit nach dem Ersten Weltkrieg. Die wirtschaftliche Notlage war besonders in Familien aus einfachen Verhältnissen vorprogrammiert, und dazu gehörten auch meine Großeltern.

Ratlos und verzweifelt hing meine Mutter trüben Gedanken nach, während sie ihre neugeborene Tochter im geliehenen Kinderwagen am Pregel spazieren fuhr.

Hier in der Kleinstadt war es doppelt aussichtslos für sie, denn zu jener Zeit war sie in den Augen der Leute ein unmoralisches Mädchen. Ihr Ruf war ruiniert, und niemand würde ihr Arbeit geben. Den Eltern weiter auf der Tasche zu liegen, war ebenfalls unmöglich. Die Rückkehr nach Berlin erschien als einzige Lösung und Hoffnungsschimmer zugleich.

Sie ist diesen Weg gegangen, nicht ohne ihren Eltern ein Versprechen zu geben und ihnen eine Bitte dringend ans Herz zu legen.

»Ich werde für mein Kind – sobald ich Arbeit gefunden habe – aufkommen, und euch bitte ich, dafür zu sorgen, dass meine Tochter mit der Gewissheit aufwächst, eine Mutter zu haben, die in Liebe an sie denkt und sie niemals aus den Augen verlieren wird!«

Als sie das sagte, war sie neunzehn Jahre alt.

Sie hat dieses Versprechen ernst genommen und trotz eines unruhigen Lebens stets gehalten.

Sie hatte Glück, denn sie fand Arbeit im Gaststättengewerbe. Im Berlin der Zwanzigerjahre, die man die Goldenen zu nennen pflegte, gab es zwei Seiten des Lebens – den kargen, oft elenden Alltag für die graue Masse und ein buntes, mondänes Treiben der Reichen und Schönen und all jener, die das Glück hatten, in diesem Strom mitschwimmen zu können. Meiner Mutter war es wohl gelungen, die Gunst der Stunde zu nutzen.

Sie wurde für mich als Kind zum Inbegriff einer schönen, fast geheimnisvollen jungen Frau, und in meinen Fantasien verklärte ich dieses Bild noch.

Einmal im Jahr – im Sommer – kam sie zu Besuch nach Hause, ebenso wie meine Tante Grete.

Oma verstand es meisterhaft, in der Zwischenzeit mit großem Einfühlungsvermögen in mir die Erinnerung an meine ferne Mutter wach zu halten. Auch von meiner Tante erzählte sie mir immer, damit ich die Verbindung zu ihr nicht verlor.

Dabei war Oma gar nicht meine richtige Großmutter. Sie hatte Opa nach dem Tod seiner ersten Frau geheiratet und sich um seine beiden Töchter gekümmert, und sie war es, die in Verbindung blieb mit den Stieftöchtern und beiden ausführlich von meiner Entwicklung, meinen kleinen Freuden und Leiden berichtete.

Diese Briefe spiegelten nicht nur meinen Alltag mit Oma und Opa wider, sondern hielten auch die Verhältnisse der damaligen Zeit fest. Zumindest was uns anging, so war es trotz aller Armut und Bescheidenheit ein reiches Leben.

Mein Großvater arbeitete auf dem Bau. Mal verdiente er einigermaßen gut, mal schlecht oder gar nicht. Sobald mit dem ersten Frost jede Bautätigkeit zum Erliegen kam, bezog er Stempelgeld, wie das damals hieß, und war eingereiht in das ohnehin millionenfache Heer der Arbeitslosen, die es nach dem Ersten Weltkrieg gab.

Manchmal hatte Opa aber auch Glück, wie beim Bau der neuen Markthalle, der ihm für längere Zeit ein geregeltes Einkommen sicherte. Für Insterburg war dieses Gebäude eine Attraktion, denn jetzt konnten die Bauern des Umlandes auch im Winter ihre Erzeugnisse anbieten.

Mit Pferdeschlitten brachten sie dann Eier, Butter, Käse, Geflügel sowie den beliebten Bärenfang, einen Honigschnaps, oder Johannisbeerwein in die Stadt.

Ich kann mich noch daran erinnern, als Opa dort auf dem Bau war, denn oft schickte Oma mich mittags mit einem Henkeltopf zu ihm – »Mittag tragen«, hieß das bei ihr.

Während der kurzen Pause saßen wir vergnügt auf der Baustelle, entweder auf Steinen oder einem Bretterstapel, und redeten. Zwischendurch schob mir der Großvater immer wieder einen Löffel Suppe in den Mund.

Neben den Großeltern waren meine Mutter und Tante Grete ein fester Bestandteil meiner Kindheit und sollten es auch bleiben, obwohl ich später weiterhin die meiste Zeit von ihnen getrennt war. Aber vielleicht waren sie gerade deshalb meine Glanzlichter, weil es ein Wunschtraum blieb, dauerhaft mit ihnen zusammen zu sein.

Es gab und gibt Augenblicke in meinem Leben, in denen ich mir die Frage stelle, was wohl ohne meine Familie aus mir geworden wäre. Wie hätte ich mich entwickelt, wenn meine Mutter mich damals in ein Heim abgeschoben hätte, wie es viele ledige Mütter in ihrer Not getan hatten?

Wo meine Sterne steh'n

Die Guttmannstraße in Insterburg war zum Zeitpunkt meiner Geburt bereits mit Kopfsteinen gepflastert. Das Haus, in dem ich geboren wurde, war ein Eckhaus und stand an der Kreuzung der Guttmannstraße mit dem Schwarzen Weg.

Dieses Haus, in dem einfache Leute wohnten, wurde für mich zum Inbegriff von Heimat, und noch heute kehren meine Gedanken bisweilen sehnsuchtsvoll dorthin zurück.

Wenn ich abends im Bett lag, warf eine Gaslaterne auf der gegenüberliegenden Straßenseite ihr mildes Licht durch die kleinen Fenster, doch der Schein war nicht so hell, dass er beim Einschlafen störte – er war gerade ausreichend, die Umrisse der Möbel im Zimmer einigermaßen erkennen zu können. Am Morgen, wenn ich nach dem Aufwachen zum Fenster hinausschaute, sah ich in den kleinen Vorgarten und auf unsere Straße.

Der Eingang zum Haus mit der schweren Eichentür, die im Sommer meistens offen stand, befand sich an der Rückseite des Hauses und war über den Hof zu erreichen.

Aus dem Haus kommend, gelangte man rechter Hand zum Schwarzen Weg und linker Hand an den Stallgebäuden und dem großen gemauerten Aschkasten vorbei zur Guttmannstraße.

Das Toilettenhäuschen stand neben den Ställen und hatte bereits eine Wasserspülung, die durch einen in der Sitzbank eingelassenen Messingknopf betätigt wurde. Im Winter war es allerdings nicht gerade angenehm, aus der warmen Stube oder nachts aus dem warmen Bett über den Hof zu gehen. Deshalb stand für das kleine Geschäft – wie es damals üblich war – ein Nachttopf mit Henkel unter dem Bett.

Im geräumigen Hausflur, dessen Tannendielen mit feinem weißen Sand gescheuert wurden, führten vier Türen zu den einzelnen Wohnungen, deren Miete jeweils neun Reichsmark monatlich betrug.

Die Wasserleitung für alle Mietparteien befand sich im Flur und bestand aus einem gusseisernen halbrunden Abflussbecken, außen schwarz, innen weiß emailliert, und einem Messingwasserhahn, der von Zeit zu Zeit mit Sidol, das es damals schon gab, geputzt und von Grünspan befreit werden musste.

Eine Treppe führte von der Diele zum Obergeschoss, wo jeder Mieter noch eine kleine Dachkammer mit schrägen Wänden und einem winzigen Fenster besaß.

Draußen im Hof stand unter dem Abflussrohr der Dachrinne eine große hölzerne Tonne mit breiten Blechringen, die das Regenwasser auffing, das man auch zum Wäschewaschen und Blumengießen verwendete.

Der schönste Platz im Hof war die Bank unter einer Birke, wo sich an schönen Sommerabenden die Hausbewohner trafen, um ein bisschen miteinander zu plaudern – »plachandern« hieß das in Insterburg.

Dann saß ich gerne neben Oma, die mit einer Handarbeit, meistens einem grauen Strickstrumpf für Opa, beschäftigt war, und übte mich unter ihrer Anleitung im Häkeln einer weinroten Mütze für meine Puppe Oskar.

Zu allen Jahreszeiten wirkte der Anblick des Hofes unterschiedlich auf mich. Trist und traurig sah er aus, wenn es regnete und der Blick auf den Schwarzen Weg fiel, wo ein hoher Maschendrahtzaun das große gepflasterte Gelände des Güterbahnhofs abtrennte.

Wenn jedoch die Sonne schien, überfiel mich manchmal angesichts der Schienenstränge ein unbestimmtes, bohrendes Gefühl des Fernwehs.

Dort entlang kamen auch die Personenzüge auf ihrem Weg zum Hauptbahnhof. Insterburg lag an der Strecke, die von der litauischen Grenze über Königsberg durch den Polnischen Korridor, der das Deutsche Reich seit dem Ende des Ersten Weltkriegs zerschnitt, weiter über Marienburg und Frankfurt/Oder nach Berlin führte.

Die Durchfahrt durch den Korridor war nur mit geschlossenen Fenstern gestattet – ich selbst habe es noch erlebt.

Wenn es Abend wurde und am nachtblauen Himmel die ersten Sterne erschienen, stand das Sternbild des Großen Wagens – für mein damaliges Empfinden unglaublich tief und leuchtend – über dem Bahngelände. Später in der Fremde, wo immer ich gerade lebte, ging ich am Abend, wenn ich mich verlassen fühlte, hinaus und suchte das Sternbild des Großen Wagens.

Dann fühlte ich mich wie durch eine Zeitreise in Sekundenschnelle zurückversetzt nach Insterburg, in die Guttmanstraße und den Hof unseres Hauses und glaubte, wieder das Kind zu sein, das den Anblick des Großen Wagens bestaunte, der über dem Bahngelände stand. Dieses Sternbild war und blieb meine Verbindung mit dem Zuhause meiner Kindheit.

Das Zentrum meiner kleinen Welt bildete zunächst die Wohnstube, in der ich geboren worden war.

Das Zimmer war mit einer düsteren lila Stiltapete beklebt. An der einen Wand hingen zwei große Bilder unter leicht erblindetem Glas.

Hier stand mein Bett. Eigentlich war es nicht meines, denn ich teilte es mit Oma. Unser ganzes Leben spielte sich nämlich bei Tag und Nacht in der Wohnstube oder in der Küche ab. Ein richtiges Schlafzimmer gab es nicht.

Die Bilder im Zimmer regten meine Fantasie an, besonders eines. Auf diesem war ein Schutzengel in farbig wallendem Gewand mit großen Flügeln auf dem Rücken zu sehen, der seine Arme und seine Flügel über mir auszubreiten schien, wenn ich im Bett lag.

Es musste ein weiblicher Engel sein, denn er hatte sehr lange Haare von undefinierbarer Farbe und trug ein breites Stirnband.

Wenn ich lange genug unverwandt hinsah, kam es mir sogar vor, als würde sich der Engel bewegen.

Mit diesem Bild verband ich das Abendgebet, das Oma vor dem Schlafengehen mit mir sprach:

Breit aus die Flügel beide
oh Jesu meine Freude
und nimm dein Küchlein ein.
Will Satan mich verschlingen,
so lass die Englein singen:
dies Kind soll unverletzet sein!

Was das mit den »Küchlein« und dem »Satan« sollte, konnte ich noch nicht recht unterbringen, aber Anfang und Ende des Gebetes ließen mich ruhig und mit dem Gefühl der Geborgenheit einschlafen.

Rundum war ich von Gegenständen und Mobiliar umgeben, das mir vertraut war.

Da gab es das verschnörkelte, mit grünem Velours überzogene Sofa. Es war in der Mitte schon etwas durchgesessen, und zum Essen bekam ich immer ein Kissen untergeschoben, weil der Tisch zu hoch war, aber es war mein Platz.

Rechts von mir auf einem Stuhl mit Rohrgeflecht saß Opa. Er hatte wenig Bewegungsfreiheit, denn hinter ihm stand sein Bett. Oma saß mir gegenüber auf dem Stuhl, der ansonsten vor unserem Bett stand und am Abend als Kleiderablage diente.

Sonntags, wenn es Fleisch zum Mittagessen gab, sprach Oma das Tischgebet:

Komm, Herr Jesu, sei unser Gast
und segne, was du uns bescheret hast.

Ich erinnere mich noch gut an Omas Worte, wenn sie das Essen auf die Teller verteilte. Sie pflegte dann zu sagen:

»Unser Opachen bekommt das größte Stück Fleisch, weil er am Bau so schwer arbeiten muss.«
Nach dem Essen betete sie:

»Danket dem Herrn, denn er ist freundlich,
und seine Güte währet ewiglich.«

Ich durfte »Amen« sagen.

Entdeckungsreise in der Wohnstube

Es gab viel zu erkunden in unserem Wohnzimmer, denn fast alle Möbel, die wir besaßen, drängten sich hier zusammen.

Unmittelbar links neben dem Sofa stand das Vertiko, in dessen Aufsatz sich das sogenannte gute Kaffeegeschirr befand, das eine gelbe Grundfarbe und ein silbergraues Sternenmuster hatte.

Unten im Schrank gab es geheimnisvolle Sachen. Besonders hatte es mir eine wunderschöne Handtasche aus glänzend schwarzem Lackleder mit grauem Seidenfutter und einem kleinen Spiegel innen angetan. Graue Seidenstrümpfe, die ich nie an Oma gesehen hatte, gaben mir Rätsel auf. Sie trug doch nur schwarze, selbst gestrickte Wollstrümpfe. Manchmal hörte ich vor dem Einschlafen leise die Stricknadeln klappern.

Auch die eleganten, blank geputzten Schnürschuhe wollten nicht so recht in das Bild passen, das ich von meiner Großmutter hatte. Ich sah sie immer nur in ihren Filzlatschen, die bei uns Schlorren hießen.

Und dann lag da noch ein dickes, schweres Buch, das sorgfältig in braunes Packpapier eingeschlagen war. Ich konnte noch nicht lesen, aber es kam mir irgendwie wertvoll vor.

Als ich etwas älter geworden war, erzählte mir Oma, dass sie vor langer Zeit in einem fernen Ort namens Hildesheim Köchin gewesen war. Das dicke Buch – es war ein Kochbuch – hatte sie öfter zu Rate gezogen, um ihren Herrschaften etwas Gutes zu kochen. Und an ihren freien Tagen hatte sie sich wirklich mit den geheimnisvollen Dingen aus dem Vertiko fein gemacht, um in der Stadt spazieren zu gehen.

Damals konnte ich noch nicht ahnen, dass dieses Buch viele Jahre später die große Flucht am Ende des Zweiten Weltkriegs überstehen würde.

Es gelangte in meinen Besitz, als ich schon lange in der kleinen schwäbischen Stadt Spaichingen verheiratet war. Als ich darin blätterte, war mir, als kehrte ein Stück Vergangenheit zu mir zurück, und es vermittelte mir ein Spiegelbild der Sitten und Gebräuche – ein Stück Kultur jener Zeit, in der Oma jung gewesen war. Es war zum Teil spannend wie ein Roman.

So las ich zum Beispiel:

Die Bedienung in der Küche:

Keine Hausfrau dulde, dass ihre Köchin ungewaschen und ungekämmt ans Kochen gehe. Selbstverständlich gebe sie selbst ein gutes Beispiel.

Die Zubereitung der Speisen verlangt reine Hände. Berußte Gesichter, herabhängende Haare, ein schwarzer Hals, unsaubere Wäsche und Kleidung erzeugen bei den Hausgenossen Ekel und verderben den Appetit.

Auch unter der Überschrift »Eigenheit und Reinlichkeit« wurden allerlei warnende Hinweise ausgesprochen:

Da hieß es, dass eine Küche, die während des Kochens unaufgeräumt und unsauber sei, einen höchst unangenehmen Eindruck mache und auch Appetitlichkeit und Wohlgeschmack der Speisen unter dem Mangel an Sauberkeit litten.

Man stelle sich vor, las ich weiter, es komme ein sonst durchaus gut bereitetes Gericht auf den Tisch, in dem sich jedoch Holz- oder Kohlenstückchen, Eier- oder Zwiebelschalen vorfänden. Wie peinlich für die Hausfrau!

Ich muss gestehen, dass ich zunächst über die belehrenden Hinweise in diesem renommierten Kochbuch, das um 1900 auf den Markt gekommen war, ungläubig lachen musste.

Aber zahlreiche höchste Auszeichnungen und Medaillen aus aller Welt beweisen, dass diese Worte in jener Zeit wohl ihre Berechtigung hatten.

Man muss bedenken, dass so manche Köchin ihr Zimmer in einer kleinen Mansarde hatte und es ganz normal war, dass es dort kein fließendes Wasser gab. Auf einer Kommode stand eine Waschschüssel mit Krug, und vermutlich war das Zimmer meist ungeheizt.

Man kann sich leicht vorstellen, dass unter diesen Umständen, besonders nach einem langen vorangegangenen Arbeitstag, wenig Anreiz bestand, das warme Federbett zu verlassen, und so manches liebe Mal hat wohl nur eine schnelle Katzenwäsche stattgefunden. Ein schwarzer Hals dürfte also gar nicht so selten gewesen sein.

Auch die Vorstellung, dass Holz- und Kohlenstückchen, Eier- oder Zwiebelschalen in die Suppe geraten könnten, fand ich plötzlich gar nicht mehr so abwegig.

Bei den Arbeitsbedingungen in den damaligen Küchen war es durchaus möglich, dass beim Hantieren am Herd derlei in die Suppe geriet.

Die Arbeit am Herd erforderte von der Köchin höchste Konzentration. Aber auch hier lieferte das Kochbuch eine Bedienungsanleitung:

Will man im Backofen backen, so legt man zur Vorsorge ein Blatt auf die Bratofenplatte. Bräunt das Papier langsam, hat der Ofen den richtigen Hitzegrad. Wird es gar nicht braun, dann muss man noch etwas Feuerung nachlegen. Bräunt es dagegen sehr schnell oder verbrennt es gar, so muss man noch einige Zeit warten, bis der Ofen ein wenig abgekühlt ist, ehe man den Kuchen hineinschiebt.

Manche Bratöfen haben von unten sehr viel Hitze, während es an Oberhitze mangelt, so dass der Braten oben nur sehr schwer bräunt. In diesem Fall ist es ratsam, einen Dachziegel oder sogar einen anderen Ziegelstein unter die Bratpfanne zu schieben.

Ich denke, dass zur Befeuerung des Backofens großes Fingerspitzengefühl erforderlich war, und zur Ehrenrettung von Omas Kochbuch sei gesagt, dass es wirklich tolle Rezepte enthält, die leider dem heutigen Trend und Geschmack nicht mehr so ganz entsprechen.

Zurück zu unserer Wohnstube. Vor einem der beiden Fenster stand Omas »Singer«-Nähmaschine.

Für meine Begriffe war sie ein richtiger Koloss und nahm viel Platz und Licht weg, zumal sie auch noch mit einem gewölbten Holzdeckel zugedeckt war. Für Oma jedoch war sie unentbehrlich.

Meine Großmutter pflegte beim Versandhaus »Witt« Handtücher und Bettwäsche zu bestellen sowie Stoffe für Kleidung und Flanell für meine Nachthemden. Wenn dann die Lieferung in einer großen braunen Schachtel eintraf, buchstabierte ich mühsam den Aufdruck: »Witt in Weiden Opf«. Was nur bedeutete »Opf«? Für mich stand fest, dass es sich nur um eine Abkürzung für »Opfer« handeln konnte, wusste ich doch, dass Oma den Inhalt der Schachtel nach langem Überlegen unter Opfern bestellt hatte.

Wenn sie an der Nähmaschine saß, schaute ich ihr fasziniert zu.

Das kleinere Rad rechts am Arm der Maschine musste von Hand in Schwung gebracht werden, während gleichzeitig mit dem Fuß das Tretbrett zu betätigen war, mit dem ein großes, mit Keilriemen versehenes Schwungrad angetrieben wurde, das wiederum die Nadel in Bewegung setzte.

An dieser Maschine entstanden auch, von Omas geschickten Händen liebevoll genäht, Kleider für meine Puppenkinder Traute, Gerda und Sunnyboy, die nach und nach aus Berlin zu Weihnachten eintrafen. Die hatte meine Mutter natürlich vorher beim Weihnachtsmann bestellt, wie Oma mir erzählte.

Die Wohnstube war ziemlich voll gestopft, denn außer Betten, Sofa, Tisch, Vertiko und Nähmaschine standen auch noch zwei Kommoden in dem Raum.

Eine davon gehörte meinem Großvater, doch man sah sie nur selten, weil sie meist von der offen stehenden Tür zur Küche, die gleichzeitig als Garderobe diente und immer voll bepackt war, verdeckt wurde.

Die zweite Kommode mit einem großen, holzgerahmten, etwas nach vorne geneigten Spiegel fand gerade noch zwischen den Fenstern Platz. Sie hatte zwei Schubladen, darunter zwei Türen mit Regalbrettern dahinter und war mit schönen Beschlägen verziert. Diese Kommode gehörte mir allein. Im Laufe der Jahre wurde sie meine ganz persönliche Schatztruhe, die sich langsam mit Büchern und anderen persönlichen Dingen füllte.

Zuvor hatte ich nur eine grob gezimmerte Holzkiste besessen, in der sich meine ersten bescheidenen Spielsachen befunden hatten. Und die aus Platzmangel unters Bett geschoben wurde. Darin lagen unter anderem Bauklötze, mit denen ich Brücken und Türme baute – meistens mit Opas Hilfe –, ferner ein Kreisel mit Peitsche, ein Säckchen mit Murmeln und bunten Glaskugeln, ein Jojo und ein kleines Tamburin sowie ein Celluloidball im schönsten Chaos vereint. Dazwischen eingeklemmt war Jule, eine mit Holzwolle ausgestopfte Stoffpuppe, die Oma mir genäht hatte. Es waren nur wenige und bescheidene Sachen, aber ich konnte damit recht schön und zufrieden spielen – vermutlich, weil ich noch nie einen Spielwarenladen von innen gesehen hatte.

Die Zeit der Märchen

Irgendwann, ich glaube, es war in meinem vierten Lebensjahr, begann ich die Welt der Märchen zu entdecken. Eines meiner Lieblingsbilderbücher war das vom Fuchs und der Gans, das in schlichter Form die Geschichte der Brüder Grimm erzählte. Vor allem liebte ich das darin wiedergegebene Kinderlied. Das kleine, farbig bebilderte Buch war vom häufigen Gebrauch ziemlich lädiert, aber ich konnte nicht genug davon bekommen. Immer wieder musste Opa vorlesen oder vorsingen:

»Fuchs, du hast die Gans gestohlen, gib sie wieder her ...«

Während des Vorlesens betrachtete ich immer intensiv das dazugehörende Bild. Was ich sah, gefiel mir gar nicht.

Der Fuchs schlich in geduckter Haltung über eine kleine Holzbrücke. Unter der Brücke schwamm, völlig ahnungslos, die vom nahen Tod bedrohte Gans.

Sie tat mir unendlich leid, denn ich war überzeugt, dass der Fuchs jetzt gleich zum Sprung ansetzen würde, um ihr den Hals durchzubeißen.

Eines Tages beschloss ich, ihr zu helfen!

Sobald ich alleine war, holte ich aus Omas Nähkasten eine große, spitze Schere, schnappte das Buch aus der Spielkiste und stach dem Fuchs die Augen aus.

Mit dem nun eigentlich armen Fuchs empfand ich keinerlei Erbarmen, sondern verspürte nur große Erleichterung darüber, die Gans außer Lebensgefahr zu wissen. Dass der Fuchs jetzt blind war und sicher verhungern würde, weil er nicht einmal mehr eine Maus sehen konnte, kam mir zunächst überhaupt nicht in den Sinn.

Erst später empfand ich ein leises Unbehagen und Mitgefühl mit dem Fuchs. Doch als sich mein Gewissen zu regen begann, war es zu spät für eine weniger brutale Lösung.

Eines allerdings lernte ich aus der Geschichte – dass es besser gewesen wäre, zu überlegen, wie ich beiden hätte helfen können. Den tröstlichen Bibelspruch: »Herr, vergib ihnen, denn sie wissen nicht, was sie tun«, kannte ich damals noch nicht.

Das zweite Lieblingsbuch meiner frühen Kindheit war die Geschichte von Rotkäppchen und dem Wolf. Ich sehe es heute noch vor mir: Es war ebenfalls aus einem stabilen Karton mit einem wunderschönen Titelbild auf dem Umschlag.

Die Atmosphäre, die es ausstrahlte, faszinierte mich immer wieder.

Rotkäppchen stand in einem dunklen Tannenwald, durch den die Sonne Strahlenbündel auf den Weg warf, und unterhielt sich mit dem Wolf.

Das hübsche Kleid und das Körbchen mit Kuchen und Wein, das sie am Arm trug, interessierte mich weniger. Was mich berührte, war der Glanz der gebündelten Sonnenstrahlen, die den dunklen Wald erhellten und ihm das Drohende zu nehmen schienen.

Ich hatte die Geschichte oft gehört und wusste, dass der Jäger bald vorbeikommen und dem in Großmutters Bett schnarchenden Wolf mit den Worten: »Find ich dich hier, du alter Sünder«, den Bauch aufschneiden und die Großmutter und Rotkäppchen wohlbehalten herausholen würde. Die Grausamkeit der Details kam mir überhaupt nicht zu Bewusstsein.

Tiefen Eindruck hingegen hinterließ bei mir, dass Rotkäppchen den Rat der Mutter nicht befolgt hatte und vom rechten Weg abgekommen war. Dachte ich so, weil ich vielleicht meine Mutter mehr vermisste, als mir bewusst war?

In jener Zeit jedenfalls, als ich von Märchen nicht genug bekommen konnte, begann meine Mutter, mich regelmäßig zu besuchen, wenn ihr jährlicher Urlaub anfiel. Das waren Festtage für mich und die Großeltern.

Manchmal klappte es auch, dass Tante Grete, die als Kinderschwester in Berlin arbeitete, gemeinsam mit ihr nach Hause kam. Erwartungsvoll stand ich dann mit Opa am Bahnsteig des Insterburger Hauptbahnhofs.

Wenn das schwarze Ungetüm von Lokomotive endlich stillstand und ich meine Mutter entdeckt hatte, rannte ich los, und sie fing mich mit offenen Armen auf.

Großvater schleppte den schweren Koffer, in dem immer Überraschungen für uns steckten, zum Taxi, und in diesem Moment war ich das glücklichste Kind der Welt.

War die Fahrt mit dem Taxi schon ein besonderes Vergnügen, so wusste ich wohl, dass noch weitere folgen würden.

Einmal hatte Mutti sogar ein Grammophon mit einem großen Trichter mitgebracht, das man, damit der Plattenteller sich drehte, mit einer Kurbel von Hand aufziehen musste.

Es war wundervoll, wenn meine Mutter zu Hause bei uns war. Erwartungsvoll wachte ich schon früh am Morgen auf, wenn sie noch tief und fest schlief. Ich liebte es, sie dann zu betrachten. Der zarte Duft von Tosca 4711 blieb mir ein Leben lang in Erinnerung, ebenso wie die feine Goldkette um ihren Hals. Besonders fesselte mich der eingravierte Spruch auf dem kleinen Anhänger: »Es geht mir jeden Tag besser und besser«, den ich mir immer wieder von ihr vorlesen ließ, sobald sie aufwachte. Ich genoss jede Minute mit ihr und weinte bitterlich, wenn sie nach vierzehn Tagen nach Berlin zurückfuhr.

Während ihres Aufenthalts 1928 in Insterburg gingen wir gemeinsam zum Fotografen, denn meine Mutter hatte mir ein Matrosenkleid, die passende Mütze dazu und neue Schuhe mitgebracht.

Wir hatten beim Anziehen der neuen Kleider einen Riesenspaß, und ich war sehr stolz auf mein Matrosenkleid.

Es war eine umständliche Sache, bis so ein Foto zustande kam. Der Fotograf hantierte an einem riesigen Kasten, schob mich hin und her, kroch unter ein schwarzes Tuch und versprach mir, dass gleich ein gelbes Vögelchen aus dem Kasten fliegen würde. Es passierte gar nichts, und ich war enttäuscht. Anschließend ging meine Mutter mit mir zum Trost ins Café Dünkel, und ich bekam einen Schokoladenmohrenkopf mit Vanillecreme gefüllt und dazu eine Tasse Kakao.

Das Foto und noch einige, die in den nächsten Jahren folgten, sollten mir zu einer kostbaren Erinnerung werden, denn bei diesem ersten Fototermin entstand auch eine sehr schöne Aufnahme von uns beiden. Der Fotograf war wohl ebenfalls sehr zufrieden mit seinem Werk, denn unser Porträt war lange in einem ovalen Goldrahmen in seiner Schaufensterauslage zu sehen.

Wenn Opa abends von der Arbeit kam, ging er immer dort vorbei, um das Bild zu betrachten. Was mag ihm dabei alles durch den Kopf gegangen sein? Ein Jahr später nahm meine Mutter das Bild mit nach Berlin.

Gott sei Dank hat es den Krieg überlebt. Es kam 1973 nach ihrem Tod zusammen mit dem Intarsienkästchen in meinen Besitz. Heute hängt es in meinem Schlafzimmer.

Reise nach Nibudzen

Im gleichen Jahr, als das Foto entstand, unternahm unsere gesamte Familie einen Ausflug zu Tante Anna, Omas Schwester, die in Nibudzen lebte und in dieser Zeit Geburtstag hatte.

Ich war außer mir vor Freude, als es eines Tages hieß: »Wenn wir gerade einmal so schön alle beisammen sind, dann lasst uns aufs Land fahren und mit Tante Anna Geburtstag feiern!« Es war meine erste große Reise nach Nibudzen, der später weitere folgten.

Ich wurde landfein hergerichtet und in das neue Matrosenkleid gesteckt. Oma machte sich auch schön und hatte endlich wieder einmal die seltene Gelegenheit, das einfache Kattunkleid an den Nagel zu hängen und die Schlorren mit den schwarzen Halbschuhen zu tauschen. Sie sah gut aus in ihrem schönen, dunkelblau gestreiften Sonntagskleid mit dem weißen Spitzeneinsatz – ich musste sie unaufhörlich andächtig ansehen, weil ich sie so gar nicht kannte. Großvater holte den großen gelben Strohkoffer, der mit braunen Lederriemen zusammengehalten wurde, vom Dachboden herunter, und jeder packte seine Übernachtungssachen hinein.

Dann machten wir uns auf den Weg zum Bahnhof der Schmalspurbahn, der nicht weit entfernt von unserer Wohnung lag, sodass sich zu meinem Bedauern die Frage nach einem Taxi nicht stellte.

Unsere Insterburger Kleinbahn war ein besonderes Kuriosum. Die Schmalspurschienen führten am Schützental vorbei, überquerten die Tunnelstraße und verliefen weiter durch die Ludendorffstraße in Richtung Gumbinner Chaussee, vorbei am Hotel Dessauer Hof, wo während des Ersten Weltkriegs General Ludendorff und Feldmarschall Paul von Hindenburg gewohnt hatten. Sie hatten im August und September 1914 die russische Armee, die fast ganz Ostpreußen besetzt gehalten hatte, in der Schlacht bei Tannenberg und an den Masurischen Seen geschlagen und zum Rückzug gezwungen.

Weiter führten die Schienen über den Bahnhofsvorplatz der »Großbahn«, wie die Insterburger die Reichsbahn in Abgrenzung zu ihrer »Kleinbahn« nannten.

Nachdem die Dampflokomotive mit ihren Wagen bimmelnd und prustend durch die Stadt gefahren war und manchmal auch einen warnenden Pfiff ausgestoßen hatte, hielt sie erstmals am »Krug« von Gastwirt Kremp.

Fahrgäste, die hier erst zustiegen, konnten in der Wirtschaft auch Fahrkarten kaufen, und überhaupt war das Warten auf den Zug bei einem Glas Grog oder Bärenfang, dem süßen ostpreußischen Honigschnaps, sehr angenehm – besonders im Winter. Zu spät kam an dieser Haltestelle niemand, im Gegenteil!

Es ging lebhaft zu im »Krug«, wenn an Markttagen die Bauersfrauen, die ihre Erzeugnisse in der Markthalle in Insterburg feilgeboten hatten, sich vor der Rückfahrt aufs Land noch schnell ein »Schlubberche«

genehmigten, bei dem sie dann ihre Verkaufserfahrungen und -erfolge austauschten.

An dieser Station dauerte es immer ein bisschen länger, bis sich der Zug endlich in Bewegung setzte, denn alles, was nicht verkauft worden war, musste wieder im Zug verstaut werden, und dabei handelte es sich nicht nur um Butter, Eier, Obst und Gemüse, sondern auch manches Huhn, das überlebt hatte, musste in seinem Korb die Rückfahrt antreten. Ich betrachtete dieses lebhafte Treiben von meinem Fensterplatz aus mit ungläubigem Staunen.

Im Sommer konnte man sich bei dem Tempo, das die Kleinbahn erreichte, gefahrlos auf dem Perron aufhalten, von wo aus man einen schönen Ausblick auf die Landschaft ringsum hatte. Im Winter dagegen konnte es passieren, dass die Lokomotive in einer Schneeverwehung stecken blieb und der Lokführer unter Beteiligung der männlichen Fahrgäste die Gleise freischaufeln musste. Die notwendigen Gerätschaften lagen immer im Packwagen bereit.

Hatte der Winter jedoch endgültig Einzug gehalten, was in Ostpreußen damals Unmengen von Schnee bedeutete, fuhr die Kleinbahn lange Zeit überhaupt nicht. Die Bauern aus dem Umland griffen dann auf ihre Pferdeschlitten zurück.

Auf unserem Weg nach Nibudzen mussten wir an der Station Pelleninken, die lediglich aus einem Wellblechhäuschen bestand, aussteigen.

Dort wartete bereits ein Pferdefuhrwerk auf uns, das der Gutsherrin aus Tante Annas Dorf gehörte. Eine andere Verkehrsverbindung gab es nicht. Die

Erwachsenen nahmen hinten im Fuhrwerk Platz, das sonst zum Heueinfahren diente, und ließen die Beine herunterbaumeln. Ich wurde auf eines der Rösser gesetzt und hielt mich krampfhaft, aber stolz an der Mähne fest. Nur die blöde Matrosenmütze rutschte mir immer wieder über die Augen.

So zuckelten wir gemächlich im Sonnenschein zwei Kilometer die staubige Birkenallee entlang nach Groß-Nibudzen, das später in Steinsee umbenannt wurde. Weit und breit begegnete uns keine Menschenseele in diesem weiten Land. Der Ort bestand aus einem großen Gutshof und ein paar kleinen Häuschen, von denen eines Tante Anna und Onkel Karl gehörte. Im Garten war unter dem Lindenbaum schon der Kaffeetisch gedeckt. Auch Omas zweite, sehr viel jüngere Schwester Minna und ihre drei Söhne Fritz, Max und Willi waren gekommen.

Willi war etwa so alt wie ich und wollte mir wohl imponieren, solange die Erwachsenen am Tisch auf Kaffee und Kuchen warteten und aus seiner Sicht langweilige Gespräche führten.

»Komm, ich zeige dir die Johannisbeersträucher«, sagte er.

Mir gefiel, dass er einen schönen Matrosenanzug trug, und da wir zu Hause außerdem keine Johannisbeersträucher hatten, lief ich vertrauensvoll und neugierig hinter ihm her.

Willi hatte vermutlich vorher bereits eine Menge Johannisbeeren verdrückt, denn plötzlich plagte in ein Rumoren in seinem Bauch. Er ließ einfach die Hose herunter und hockte sich schnellstens neben die Johannisbeersträucher.

Befremdlich ging ich ein Stück rückwärts und sah, dass Willi mit einem Stöckchen in seinen Exkrementen stocherte. Ich sah noch, dass sich mit einem Mal ein langer, weißer Wurm um das Stöckchen ringelte, als Willi auch schon ausholte und den Bandwurm nach mir warf. Ich ekelte mich schrecklich und schrie wie am Spieß.

Oma, Mutter und Tante Anna stürzten aus dem Garten, und ich brüllte: »Oma, der Willi hat einen weißen Wurm auf mich geschmissen!«

Tante Anna ballte die Faust und rief: »Na warte, du Lorbas«, was so viel wie Tunichtgut bedeutete. Damit hatte Willi nicht gerechnet. Blitzschnell verschwand er hinter der Scheune, und am Abend musste man ihn suchen. Er war nach Hause gelaufen und hatte sich unter der Ofenbank versteckt.

Der Wurm hatte zum Glück sein Ziel verfehlt. Nun wollte ich allerdings auch keinen Streuselfladen mehr essen.

Heimgekehrt nach Insterburg hieß es dann, Abschied zu nehmen von meiner Mutter und Tante Grete.

Ihr Urlaub war zu Ende, und sie fuhren nach Berlin zurück.

Wieder stand ich mit Opa am Bahnhof. Ich weinte bitterlich, und tränenblind schaute ich dem Zug hinterher. Bis die Schlusslichter nicht mehr zu sehen waren, rührte ich mich nicht von der Stelle. Ich stand da und war nicht einmal fähig, zu winken.

Großvater putzte umständlich seine Brille. Dann nahm er mich an der Hand und sagte: »Komm, wir gehen nach Hause, Oma wartet auf uns.«

Zum ersten Mal in meinem Leben empfand ich eine seltsame Leere und Traurigkeit.

Großmutter machte uns schon die Tür auf, und bei ihrem vertrauten Anblick und ihrer liebevollen Umarmung fühlte ich mich verstanden und getröstet. Ich war nicht verlassen worden. Die Traurigkeit begann langsam zu weichen.

Eine weitere Reise nach Nibudzen sollte schon bald darauf folgen. Tanta Minna, die eigentlich viel jünger war als Oma, war überraschend gestorben – ich weiß nicht mehr, woran. Es war zu Beginn des Winters, und wieder machten wir uns auf den Weg zum Bahnhof der Kleinbahn, die Gott sei Dank noch fuhr, denn sonst hätten wir nicht zur Beerdigung fahren können.

Es war ein bitterkalter Tag, und Oma hatte mich warm angezogen. Sie selbst trug einen langen schwarzen Plüschmantel und dazu eine schwarze Pelzkappe. Ihre Traurigkeit übertrug sich auch auf mich.

Beim Abschließen der Wohnungstür sagte sie: »In Gottes Jesu Namen.«

Den großen Schlüssel hängte sie an einen langen Nagel in der Türfüllung. Dann nahm sie mich an die Hand und sagte: »Gott befohlen.«

Diesmal wurden wir mit einem Pferdeschlitten in Pelleninken abgeholt.

Tante Minna war in der kalten Wohnstube ihres Hauses aufgebahrt.

Ich stand mit Oma vor dem Sarg, als sie sich von ihrer Schwester verabschiedete. Auf den Kirchhof musste ich nicht mitgehen. Anschließend gab es noch Beerdigungskuchen, ein mit Zucker bestreuter Butterfladen, für die Trauergäste.

Als ich am Abend warm zugedeckt auf dem Strohsack am Boden neben dem Ofen in Tante Annas Häuschen lag, verfolgte mich das Bild der toten Tante Minna bis in den Schlaf.

Fritz, der älteste Sohn von Tante Minna, war fünfzehn Jahre alt, und Oma nahm ihn mit zu uns nach Insterburg. Er hatte ein Jahr zuvor während der Ernte an der Dreschmaschine ein Bein verloren und musste seitdem mit einem Holzbein leben. Opa besorgte ihm praktischerweise eine Lehrstelle bei einem Orthopädieschuhmacher, und Oma richtete die kleine Kammer auf dem Dachboden für ihn her. Er lebte geraume Zeit bei uns, und wir kamen gut miteinander aus. Viele Jahre später – der Zweite Weltkrieg hatte uns alle getrennt, und wir hatten uns aus den Augen verloren – sollte Fritz in unserem Leben noch eine wichtige Rolle spielen. Er suchte uns über das Rote Kreuz und brachte uns auf diese Weise beharrlich alle wieder zusammen.

Paradies der Erinnerungen

Die Kinderzeit vergeht schnell. Vieles wird unwichtig, doch es gibt Ereignisse, die – ob bedeutsam oder belanglos – sich im Gedächtnis festsetzen und als helle, lichtvolle Erinnerungen das Leben begleiten, vermischt mit einem Hauch von Wehmut über das verlorene Paradies der Kindheit. Doch aus diesem Paradies kann man nie vertrieben werden.

Eine solche Erinnerung verbinde ich mit Opas Fahrrad.

Schon lange hatte mein Großvater davon geträumt, ein Fahrrad zu besitzen, um die oft weiten Wege zu den Baustellen, auf denen er arbeitete, nicht zu Fuß gehen zu müssen.

Er hatte mit Oma hin- und hergerechnet und wäre auch mit einem gebrauchten Rad zufrieden gewesen.

Aber so viel er sich umhörte, niemand wusste etwas von einem günstigen Gebrauchtrad. Und wenn er ein paar Mark zusammengespart hatte, waren immer wichtigere Dinge dazwischengekommen.

Er muss damals sehr frustriert gewesen sein, denn Oma hatte die Geschichte mit dem Fahrrad wohl in einem Brief an meine Mutter erwähnt.

Es war Frühling geworden, und meine Mutter hatte ihren Besuch bei uns angekündigt. Lieber wäre sie ja im Sommer gekommen, aber die Saisonarbeit ließ es diesmal nicht zu.

Mir war jede Jahreszeit recht für ein Wiedersehen – Hauptsache, sie kam.

Oma hatte einen Kuchen gebacken, und der erste Abend war mit viel Erzählen zu Ende gegangen.

Am nächsten Morgen ging Mutti früh aus dem Haus, obwohl sie sonst gerne lange schlief. Sie war bald zurück, machte die Stubentür auf, schob ein nagelneues Fahrrad hinein und sagte einfach: »Für dich, Vater!«

Opa schaute fassungslos auf das Fahrrad, dann umarmte er unter Freudentränen seine Tochter. Oma lächelte zufrieden, und ich hatte sofort den kleinen Sattel auf der Querstange und zwei kleine Fußstützen am Gestänge entdeckt.

Im Hof stellten wir uns zu einem Foto auf, Opa stolz in der Mitte mit seinem neuen Fahrrad.

Am folgenden Sonntagmorgen machten wir uns auf den Weg nach Drebolinen, einem beliebten Ausflugsort nahe Insterburg. Stolz hielt ich mich an der Lenkstange fest, obwohl Opa beim Aufsteigen noch ein wenig gewackelt hatte.

Die Waldwege waren übersät mit Farnen, Moosen und Anemonen, und die Sonne warf ihre Strahlenbündel – genau wie im Märchenbuch von Rotkäppchen – auf den Weg. Opa stellte das Fahrrad sorgfältig an einen Baum, und wir pflückten einen großen Strauß Anemonen für Oma. Wenn ich heute daran zurückdenke und die Augen schließe, meine ich, wieder die wärmenden Strahlen der Sonne durch das Laubdach des Waldes zu spüren und den frischen Duft des Frühsommers zu riechen.

Wohlige Wärme und der Geruch eines prasselnden Feuers, dazu der Duft von Bratäpfeln – das war für mich in meiner frühen Kindheit der Inbegriff von Gemütlichkeit und Geborgenheit. Verkörpert wurde dieses Gefühl durch den großen, weiß und blau gesprenkelten Kachelofen, der in unserer Wohnstube fast bis zur Decke reichte und beinahe zu wuchtig schien für den Raum.

Aber es gab nichts Schöneres, als es sich an kalten Winterabenden schläfrig am Ofen bequem zu machen.

Untrennbar verbunden mit dem Kachelofen war für mich die mit graublauem Plüsch überzogene Ofenbank. Eigentlich war es nur eine große Kiste, in der das Holz zum Feuermachen sowie ein paar Briketts und ein paar alte Exemplare der »Ostdeutschen Volkszeitung« aufbewahrt wurden. Aber mit der Polsterung und den Kissen war es der gemütlichste Platz der Welt für mich.

Wenn Großvater abends durchgefroren von der Arbeit kam, stellte Oma ihm zunächst einen Teller Suppe auf den Tisch, die sie vom Mittagessen zurückbehalten und in der Röhre des Kachelofens warm gehalten hatte. Manchmal gab es auch für jeden einen Bratapfel, der ebenfalls in der Röhre brutzelte und ungleich besser schmeckte als aus einem normalen Backofen.

Nach dem Essen kam der schönste Teil des Abends.

Opa setzte sich auf die Ofenbank, stopfte die Stummelpfeife mit Knaster, wie Oma den Tabak respektlos nannte, und begann Zeitung zu lesen. Darauf hatte ich schon gewartet.

Ich kletterte zu ihm auf die Ofenbank, kämmte ihm die Haare und band rote Schleifchen hinein, was er sich geduldig gefallen ließ.

Wenn ich aber seinen Schnurrbart hochzwirbeln wollte, schnappte er zu meinem größten Vergnügen nach meiner Hand.

Manchmal legte er am Sonnabend eine Schnurrbartbinde an, damit sein Bart beim Kirchgang am nächsten Morgen größtmögliche Ähnlichkeit mit dem von Kaiser Wilhelm hatte, der, zumindest was die Bartmode betraf, noch immer tonangebend war.

Oft plagte ich meinen Großvater mit der Bitte, mir etwas zu erzählen. Besonders liebte ich die Geschichten aus seiner Kindheit – darüber konnte ich nicht genug erfahren.

Oder ich sang ihm ein neues Lied vor, das ich gerade von der Großmutter gelernt hatte. Sie kannte viele schöne Lieder – Volkslieder ebenso wie Kirchenlieder, die sie beim Plätten sang. Zwischendurch schwenkte sie das eiserne schwarze Bügeleisen mit dem ausgezackten Deckel hin und her, wenn die Plättkohlen nicht mehr glühen wollten.

An diesen Abenden war es nicht leicht, mich ins Bett zu bringen, und es funktionierte eigentlich nur, wenn Oma mich mit dem Versprechen lockte, mir vor dem Einschlafen noch eine Geschichte zu erzählen: »Komm, mien Schoapke, ek vertell di wat.« Meine Großmutter nannte mich immer ihr Schäfchen.

Dann zog sie mir das am Kachelofen angewärmte Flanellnachthemd schnell über den Kopf, und ab ging es zur Gute-Nacht-Geschichte ins Bett!

Bald darauf wurde die Petroleumlampe auf dem

Tisch ausgepustet, die wir meistens benutzten, weil sie billiger war als die Gaslampe an der Decke. Zuvor aber legte sie ein bis zwei in Zeitungspapier eingewickelte Briketts auf die noch leicht schwelende Glut, damit der Kachelofen über Nacht nicht ganz auskühlte. Am nächsten Morgen machte Großvater dann ein neues Feuer, und bis ich aufstand, war es schon wieder warm in der Stube.

Ob mir solche Abende wohl in Erinnerung geblieben wären, wenn es damals schon Fernsehen gegeben hätte?

Omas Küche

Neben der Wohnstube lag das Reich meiner Großmutter. Ich sehe sie noch vor mir, diese kleine, langgezogene Küche mit dem Fußboden aus roten Ziegeln, in der es nicht einmal einen Wasserhahn gab. Fließendes Wasser war in den Häusern der kleinen Leute damals noch nicht überall üblich.

Oma muss es trotzdem als Fortschritt betrachtet haben, das Wasser nicht bei Wind und Wetter im Hof aus einem Ziehbrunnen zu holen, wie sie es in ihrem Heimatdorf Nibudzen nicht anders gekannt hatte. Unter solchen Voraussetzungen erschien eine Wasserstelle im Flur fast als Luxus. Zudem waren die Großeltern es gewöhnt, keine Ansprüche zu stellen, die über ihre finanziellen Möglichkeiten hinausgingen.

In Omas Küche stand zunächst neben dem schmalen Fenster ein Küchenschrank aus unbehandeltem Tannenholz, in dem oben hinter zwei Glastüren das Geschirr für den täglichen Gebrauch aufbewahrt wurde.

In den beiden Regalen unter den Glastüren gab es Dosen und ausziehbare Schübe, in denen sich Mehl, Zucker, Graupen, gelbe Erbsen und andere Lebensmittel sowie Kathreiners Malzkaffee und Zichorie befanden. Zichorie war ein Kaffeesurrogat, das den Kaffee dunkler färbte.

Oben auf dem Küchenschrank stand die Kaffeemühle, denn auch der Malzkaffee wurde gemahlen. Dann setzte Oma sich auf den Küchenschemel und nahm die Mühle zwischen die Knie.

Ähnlich machte sie es, wenn sie den von mir heiß geliebten Rührkuchen vorbereitete, denn dann nahm sie die Rührschüssel ebenfalls auf den Schoß.

Allein das Eiweiß von neun Eiern von Hand zu festem Schnee zu schlagen, erforderte Ausdauer und Kraft. Wenn ich ihr zusah, erklärte sie mir, man müsse so lange schlagen, bis ein Reichspfennig auf der Eiweißmasse liegen bleiben könnte.

Nachdem der Kuchenteig in die Kastenform gefüllt worden war, schickte Oma mich damit schnell zum Bäcker, denn einen eigenen Backofen besaßen wir nicht. Ich war stolz, solche kleinen Gänge für sie erledigen zu können. Vor allem aber brannte ich darauf, dass ich den Kuchen endlich essen konnte. Meine Großmutter hat mir diesen Lieblingskuchen sogar zu meinem sechzehnten Geburtstag nach Berlin geschickt, und es war für mich wie ein Gruß aus fernen, schönen Kindertagen.

Aber noch war es nicht so weit, noch lebte ich in der großelterlichen Wohnung in Insterburg, in der mir jedes Stück so vertraut war, dass ich es noch heute aufzeichnen könnte.

Außer dem Küchenschrank gab es zusätzlich eine schlichte Kommode, in der die gusseisernen Pfannen, der schwere Bratentopf mit dem verrußten Boden und die emaillierten Kochtöpfe verstaut waren. Auf der Ablage stand der Zwei-Loch-Gaskocher, und Oma schärfte mir immer ein, nur ja nicht den

Gashahn aufzudrehen. Wenn wir Gas brauchten, mussten wir immer Geld in die graue Gasuhr einwerfen, und damit ihr die Groschen nicht ausgingen, sammelte die Großmutter sie in einer Tasse im Küchenschrank.

An der Wand über der Kommode mit dem Kocher hingen das Salzfass und daneben die Petroleumlampe, die an einem blanken Metallspiegel befestigt war, der die Leuchtkraft etwas erhöhte. Manchmal rußte die Lampe, und dann musste Oma den Docht etwas herunterdrehen.

Gegenüber stand ein Möbel, das man heute überhaupt nicht mehr kennt: die Eimerbank mit einem emaillierten Behälter mit Deckel für das Frischwasser. Das gebrauchte Wasser wurde in einen anderen Eimer geschüttet und dann zum Ausguss im Hausflur getragen. Keine Hausfrau kann und mag sich das heute noch vorstellen.

Auch die sogenannte Brennhexe, die damals sogar eine sehr moderne Anschaffung gewesen war, kennt heute niemand mehr. Eigentlich gab es in unserer Küche einen altmodischen, eingemauerten Herd, doch da er immens viel Holz und Kohlen verbrauchte, war er in einer Zeit, in der Brennmaterial teuer war, sehr unwirtschaftlich. Deshalb wurde die Brennhexe angeschafft, die nun auf dem stillgelegten Herd stand und sowohl zum Heizen als auch zum Kochen diente. Allerdings hatte ihre Platte nur zwei Kochstellen, die wie beim alten Herd durch das Einlegen von Ringen mittels Feuerhaken beliebig vergrößert oder verkleinert werden konnten. Die gerade nicht benutzten Ringe hingen an einem Haken an der

Wand. Morgens wurde der kleine Aschekasten unter dem Rost geleert, bevor Großmutter die Brennhexe erneut anheizte, um unser Frühstück zu kochen.

Ich liebte ihre Klunkersuppe, wie man das in Insterburg nannte. Oma rührte Mehl und Wasser zu Klümpchen an und bröselte diese in kochend heiße, gesüßte Milch ein. Auf die fertige Klunkersuppe kam dann noch ein Stückchen Butter. Dazu gab es eine Scheibe dunkles Brot, das Oma vor der Brust schnitt und das Opa in die Suppe brockte.

Sobald das Frühstück fertig war, kletterte ich aus dem Bett auf die Ofenbank, wo die Kacheln sich schon zu erwärmen begannen und Opa mich dann anzog.

Wie das mit Waschen und Zähneputzen gehalten wurde, weiß ich nicht mehr, aber ich erinnere mich an die emaillierte weiße Waschschüssel mit angelötetem Seifenbehälter, die auf einem dreibeinigen Gestell in der Küche stand.

Die Handtücher hingen unter einem Überhandtuch, auf dem mit rotem Garn gestickt der Spruch stand:

Beklage nie den Morgen,
der Müh' und Arbeit gibt,
es ist so schön, zu sorgen,
für Menschen, die man liebt!

Heute habe ich bisweilen erhebliche Zweifel, ob dieses Sorgen für Oma und Opa wirklich so schön war. Oder war es einfach eine Notwendigkeit, die geduldig durch Liebe ertragen wurde?

Neben dem alten, eingemauerten Herd befand sich eine Nische, in der, hinter einem Vorhang verborgen, allerlei Sachen aufbewahrt wurden.

Hier stand der Wäschekorb, der mein erstes Bett gewesen war und nun wieder seiner eigentlichen Bestimmung diente. An der Wand hing die große Zinkbadewanne, daneben die braune Schüssel zum Geschirrspülen.

Wenn ich nur an die Mühe denke, die Oma hatte, bis sie am Sonnabend genug Badewasser auf der Brennhexe erwärmt hatte!

Manchmal, wenn ich heute in meiner Küche hantiere, muss ich an sie denken, und Vergleiche drängen sich mir auf. Sie hätte es nicht fassen können, wenn man ihr damals erzählt hätte, dass ein Elektroherd mit Zeitschaltuhr, Backofen und Grill, eine Spülmaschine, ein Kühlschrank mit Gefrierfach, eine Waschmaschine und vor allem heißes Wasser aus dem Wasserhahn einmal ganz selbstverständlich sein würden.

Aber wäre ich als Kind in einer modernen Küche wirklich glücklicher gewesen? Wir kannten es nicht anders und vermissten nichts, auch hatte uns noch keine Fernsehwerbung den Kopf verdreht, Wünsche geweckt und uns unzufrieden gemacht. Vielleicht ist es bisweilen gut, zurückzuschauen, um wieder mehr Dankbarkeit zu empfinden.

Im Reich des Großvaters

Die Tür, die Wohnstube und Küche trennte, wurde auch als Flurgarderobe benutzt. Sie war immer voll bepackt. Da sie meistens offen stand, verdeckte sie den Blick auf Opas Kommode. Ich erinnere mich nicht mehr, was sich unten drin befand.

Aber wenn die Tür geschlossen war, fiel der Blick auf Opas Schätze, die meistens leicht angestaubt waren, weil Oma da nicht ranging.

Alles, was Opa gehörte, war auf kleinstem Raum zusammengetragen, nämlich auf und in der Kommode, die hinter der Tür zur Küche stand. Da lagen die blanke, silbrig glänzende Tabakschachtel, das angebrochene Tabakpäckchen, der Pfeifenstopfer und die Streichhölzer. Die Schachtel füllte Opa morgens und steckte sie in die ewig ausgebeulte Jackentasche.

In einem kleinen Regal aus silbergrauen Holzstäbchen waren sämtliche Pfeifen in verschiedenen Formen aufgereiht – eine, die ich besonders schön fand, hatte einen bunten Porzellankopf mit kleinem Silberdeckel. Ich kannte Opa eigentlich aber nur mit einer anderen Pfeife, deren Kopf die vergrößerte Form einer Eichel hatte, im Mund. An den Holzstäbchen hing außerdem an der Uhrkette die Taschenuhr. Mein Großvater trug sie nur am Sonntag und zu besonderen Anlässen, denn nur an solchen Tagen zog er eine Weste an, in deren Knopfloch die Uhrkette eingehängt wurde.

Das Allerbeste unter Opas Schätzen aber war für mich die Schachtel mit dem Priem, und damit verbindet sich wieder eine jener Erinnerungen, die meinen Großvater ganz lebhaft vor meinen Augen erstehen lassen.

Es hatte mit meinem Zahnwechsel zu tun. Seit Tagen plagte mich schon ein Wackelzahn, der einfach nicht herausfallen wollte.

Nicht einmal den kleinen runden Streuselkuchen, den Opa mir von seinem Wochenlohn mitgebracht hatte, wollte ich essen. Ich saß auf seinem Schoß und jammerte. Da biss er in den Streuselkuchen, kaute den Bissen schön durch und schob mir das Ergebnis in den Mund. Natürlich war der Kuchenbrei mit Priem vermischt, denn Opa hatte vorher seinen Kautabak genossen.

Gerade als er mir den vorgekauten Kuchen in den Mund schob, klopfte es an der Tür, und hereinspaziert kam, völlig unangemeldet, eine Fürsorgerin, wie das gelegentlich bei unehelichen Kindern vorkam. Ich hatte sie noch nie vorher gesehen, aber sie hatte wohl genug gesehen. Sie fand die Sache ziemlich eklig und machte Opa Vorhaltungen. Er wurde so wütend, dass er die Frau hinauswarf – so kannte ich meinen friedvollen Großvater gar nicht. Diese Fürsorgerin haben wir nie wieder gesehen, und ich sagte: »Du, Opa, die weiß gar nicht, wie gut der Kuchen mit Priem schmeckt.«

Den Wackelzahn bin ich an diesem Tag trotzdem

noch losgeworden. Opa legte später einen Zwirnfaden um den Zahn und band den Faden an die Türklinke. Dann stellte er mich an die Tür und machte sie mit einem Ruck zu. Das ließ ich mir aber mit meinem ostpreußischen Dickschädel nur einmal gefallen.

Mein Großvater verstand es, selbst die kleinste Kleinigkeit für mich interessant und als Spiel erscheinen zu lassen, und das war für ein Kind, das nicht gerade über eine große Auswahl an Spielsachen verfügte, von außerordentlicher Wichtigkeit. Doch nicht nur das – dieser wunderbare Mensch war auch äußerst erfinderisch, wenn es darum ging, immer wieder aufs Neue meine Fantasie anzuregen, und sei es durch ein simples Fingerspiel. Eines, an das ich mich am besten erinnere, weil es mich wirklich nachhaltig beschäftigte, ging so:

Grützchen kochen, Grützchen kochen,
dem was und dem was
und dem kleinen Finger schnipps den Kopf ab.

Ich fragte: »Opa, warum bekommt der Kleine schnipps den Kopf ab?« Opa sagte dann immer: »Das war ein Esser zu viel!«

Viele Jahre später, mitten im Zweiten Weltkrieg, als ich in Berlin lebte und in einem Kinderkrankenhaus arbeitete, begegnete mir erstmals der Begriff »Euthanasie«. Der nationalsozialistische Staat tarnte mit der griechischen Bezeichnung für »leichter Tod« die Vernichtung Kranker und Behinderter, vor allem auch Kinder. Man sprach damals zynisch und in aller

Offenheit von »lebensunwertem Leben«. Da kam mir wieder Opas Erklärung vom »Esser zu viel« aus dem alten Kinderreim in den Sinn. Welch schreckliche Bedeutung hatte er bekommen. Zuerst die Insassen von Heilanstalten, dann die Juden und die Völker im Osten, die man seit Kriegsbeginn pauschal als »Untermenschen« zu bezeichnen pflegte – das sollte mir Jahre später klar werden.

Nachdem der Krieg zu Ende war, fiel mir die Geschichte erneut ein. Ich wollte in Berlin meine unterbrochene Ausbildung als Säuglingsschwester fortsetzen und stellte mich bei meiner alten Arbeitsstelle bei der Schulschwester vor. Sie schien ganz verstört und bat mich, später wiederzukommen, denn soeben hätte man die Schwester Oberin tot an ihrem Schreibtisch gefunden. Sie hatte sich wohl mit Tabletten das Leben genommen.

Ich erinnerte mich plötzlich daran, dass damals auf meiner Station in einem Zimmer mit neun kleinen Bettchen ein mongoloider Säugling gelegen hatte. War die Oberin gezwungen worden, Dinge zu tun, die sie mit ihrem Gewissen nicht vereinbaren konnte? Jetzt, nach dem Krieg, war Euthanasie zum Verbrechen geworden.

Sonntagsrituale

Manchmal ging Opa am Sonntagmorgen in die Kirche.

An diesen Tagen zog er den guten schwarzen Anzug an, darunter ein weißes Hemd mit Kragen. Damals waren Kragen kein fester Bestandteil des Hemdes, sondern ließen sich abnehmen.

Ich hatte schon oft zugesehen, wenn Oma den Kragen steif gestärkt und durch Bügeln in eine runde Form mit abgeknickten Ecken gebracht hatte. Mittels Kragenknöpfchen wurde er dann an ein mit Stehbündchen versehenes Hemd geknöpft. Sowohl Hemd als auch Kragen hatten Knopflöcher. Wenn der Kragen schmutzig war, nahm man ihn einfach ab, ohne dass man gleich das ganze Hemd waschen musste. In einer Zeit ohne Waschmaschinen war das eine große Arbeitserleichterung.

Wenn Opa in seinem Sonntagsstaat und mit seinem gezwirbelten Kaiser-Wilhelm-Bart vor uns stand, fanden wir ihn sehr imposant. Oma bürstete noch die Fusseln vom Jackett, drückte ihm das Gesangbuch und ein weißes Taschentuch in die Hand, und dann war er fertig für den Kirchgang.

Aber noch schöner fand ich es, wenn er zu Hause blieb. Dann nämlich holte er vom Kleiderschrank das große Predigtbuch herunter, das dort, in einen rotkarierten Kopfkissenbezug eingeschlagen, lag.

Wenn er es ausgewickelt hatte, sah man erst, wie prachtvoll sein Einband war. Farbige Ornamente und Blumen auf dunkelblauem Grund schmückten ihn, und in der Mitte prangte auf verblasstem goldfarbenen Grund der Christuskopf mit langem gewellten Haar und eingerahmt von Dornen. Darunter stand in kalligraphischer Schrift: »Ich und mein Haus wollen dem Herrn dienen.«

Nachdem ich das schöne Buch eine Weile andächtig betrachtet hatte, pflegte Großvater es feierlich aufzuschlagen und mich auf den Schoß zu nehmen.

Wie aus weiter Ferne nur nahm ich wahr, dass Oma geschäftig in der Küche werkelte und die Ringe auf dem Herd mit dem Feuerhaken hin und her schob. Doch auch der Duft von Braten, von sommerlicher Wärme oder winterlicher Kälte, wenn das Fenster zum Lüften geöffnet wurde, dazu das Glockengeläut der Melanchthon-Kirche gehörten zu dieser festlichen sonntäglichen Zeremonie.

Endlich begann Opa zu lesen, und zu jeder Geschichte gab es eine Federzeichnung, die ich dabei betrachtete. Der Höhepunkt aber waren die farbigen, ganzseitigen Bilder, die mit hauchdünnem Seidenpapier abgedeckt waren und die ich mit leicht angefeuchtetem Zeigefinger umblättern durfte.

Es waren insgesamt neun Bilder, die das Leben Jesu, von der Geburt angefangen bis zu seinem Tod am Kreuz, darstellten.

Die Bilder hatten alle Untertitel wie »Ruhe auf der Flucht nach Ägypten«, »Christus, der Kinderfreund«, »Der gute Hirte« und »Christus auf dem Meere«.

Fesselnd waren die dazugehörenden Geschichten, die Opa sehr anschaulich erzählte, denn der Originaltext im Predigtbuch war nicht verständlich für ein Kind meines Alters, und so gab mein Großvater es für mich in einfachen Worten wieder.

Die ersten Seiten des Buches waren nicht bedruckt. Sie waren für Eintragungen aus der Familiengeschichte gedacht, für Geburten, Eheschließungen, Todesfälle, für Taufen und Konfirmationen.

Auf der fein umrahmten Seite für die »Voreltern« stand in der oberen rechten Ecke der Spruch: »Der Alten Krone sind Kindeskinder, und der Kinder Ehre sind ihre Väter.«

Darunter hätte mein Großvater eigentlich die Namen seiner Eltern eintragen sollen, aber das Leben richtete sich nicht nach Vordrucken, die für eine heile Welt gedacht waren, und hier begann das Problem meines Großvaters.

Es gab keine »Eltern«. »Vater unbekannt« einzutragen, dagegen sträubte sich seine Feder, und seine damaligen Empfindungen spiegelten sich in der leer gebliebenen Seite wider. Der ganze unausgesprochene Kummer, der die Seele meines Großvaters niedergedrückt hatte, war abzulesen an der nicht ausgefüllten Chronik in der Familienbibel. Die Tatsache einer unehelichen Geburt und das daraus resultierende Gefühl des Ausgegrenztseins aus der Normalität sollte ich erst viel später verstehen, als ich dieses Gefühl bei mir selbst erlebte.

Als Großvater 1877 geboren wurde, war dies für seine Mutter Caroline eine große Schande, und auch meine uneheliche Geburt wurde ein halbes Jahrhundert später noch als moralischer Fehltritt meiner Mutter angesehen.

Trotz dieses dunklen Geheimnisses hat Opa mir oftmals an den Abenden auf der Ofenbank von seiner Kindheit und damit auch von seiner Mutter erzählt.

In der Rubrik »Todesfälle in der eigenen Familie« steht fein säuberlich mit Tinte in Sütterlinschrift ein Eintrag. Es ist der Todestag von Großvaters erster Frau, der Mutter seiner beiden Töchter, die mit siebenunddreißig Jahren am 25. August 1918, einem Sonntag, an einer Lungenentzündung gestorben war.

Ein Foto meiner Großeltern und ihrer Töchter ist mir geblieben und dazu der tröstliche Gedanke, dass ich mich glücklich schätzen darf, sein »Kindeskind« gewesen zu sein, wie immer das Leben auch jedem von uns mitgespielt haben mochte.

Auch das Predigtbuch erinnert mich noch heute daran, denn auf abenteuerliche Weise gelangte es aus dem brennenden Insterburg heraus und fand nach der Flucht wieder zu mir zurück.

Winterzeit, Weihnachtszeit

Wenn im Winter morgens die Fenster dick zugefroren waren, hauchte ich Gucklöcher in die Scheiben und kratzte die Eisblumen mit den Fingern ab. Opa holte die schweren, dunkelbraun gebeizten Doppelfenster vom Dachboden und setzte sie vor die Sommerfenster. Omas Aufgabe war es dann, zwischen die Fenster zuerst zusammengeknülltes Zeitungspapier zu stopfen, um die Kälte noch besser abzuhalten, und darauf eine Lage weißer Baumwollwatte zu schichten.

Um dem Ganzen einen hübschen, farbenfroheren Anstrich zu geben, zerschnipselte sie zuletzt rote und grüne Wollreste und streute sie auf die Watte. Wenn dann noch die frisch gewaschenen Gardinen, weiße Seitenschals aus dicker Baumwollspitze, wieder an ihrem Platz hingen, fand ich, dass unsere Fenster wunderschön aussahen.

Der ostpreußische Winter war gnadenlos hart mit Unmengen von Schnee, der sich am Straßenrand hoch auftürmte. Aber für mich als Kind war es vor allem ein Riesenspaß, in die Schneeberge zu springen und bis zum Bauch darin zu versinken.

Das Höchste aber war die Rutschbahn. Hinter dem Haus verlief ein schmaler Weg, der im Winter kaum benutzt wurde. Niemand streute hier Asche, und so hatte niemand etwas dagegen, dass mein Großvater diesen Weg mit ein paar Eimern Wasser in eine spiegelnde Eisfläche verwandelt hatte.

Ich konnte gar nicht genug bekommen, vor allem weil die Gummischuhe, die über die normalen Schuhe gezogen wurden, besonders gut rutschten. Bald hatten auch ein paar Nachbarskinder die Rutschbahn entdeckt, und es entwickelte sich ein lustiges Spiel. Wir standen in Schlange an, nahmen Anlauf und wetteiferten darum, wer am weitesten schlittern konnte. Zu meinem Leidwesen waren die Kleinen, zu denen auch ich gehörte, gegenüber den Großen im Nachteil, weil wir viel öfter auf den Hosenboden fielen. Ich gehörte leider auch dazu.

Mir war eingeschärft worden, dass ich spätestens zu Hause zu sein hatte, wenn die Straßenlaterne an der Ecke anging, denn mit zunehmender Dunkelheit nahm die Kälte rasch empfindlich zu.

Aber meine eigene Rutschbahn ließ mich alles um mich herum vergessen – Opas Ermahnungen, die hereinbrechende Dunkelheit und die Kälte, die mir in die Kleider kroch, bemerkte ich gar nicht. Ich sah nur den Schnee, der im Licht des fahlen Mondes glitzerte, und die spiegelnde Eisfläche unter meinen Schuhen.

Als ich plötzlich feststellte, dass Hände und Füße trotz der dicken Fausthandschuhe und der Gummiüberschuhe ganz gefühllos waren, war es schon zu spät. Weinend rannte ich nach Hause. Opa steckte meine Hände in kaltes Wasser, um sie aufzuwärmen, nicht in warmes wohlgemerkt, denn das wäre zu schmerzhaft gewesen.

Meine Finger kribbelten fürchterlich. Jammernd

machte ich meinem Großvater Vorwürfe, er wäre schuld, weil er mich nicht rechtzeitig abgeholt hatte. Doch Opa sagte nur lakonisch: »Wer nicht hören will, muss fühlen!« Dann zog er mir die Schuhe aus, rubbelte mit den Händen meine Füße und hielt sie an den Kachelofen. Ich lernte daraus, dass ich selber auf mich aufpassen und für meine Fehler geradestehen musste. Aber in den Schnee und auf die Rutschbahn ging ich trotzdem wieder.

Das Schönste am Winter war natürlich Weihnachten. Ich erinnere mich, dass ich es schon Wochen vorher kaum noch aushielt vor lauter Vorfreude und Erwartung. Besonders aufregend waren die Jahre, als ich noch ans Christkind und den Weihnachtsmann glaubte.

Ich weiß noch, wie ich am Heiligen Abend an Opas Hand den Weihnachtsmann suchen ging in der Hoffnung, ihm zu begegnen, während Oma den Weihnachtsbaum schmückte.

Doch auch als diese Zeit endgültig vorüber war, liebte ich weiterhin das Weihnachtsfest, die vertraute, heimelige Atmosphäre unter dem Tannenbaum und den Anblick der Stadt, die an diesem Tag so ganz anders auszusehen schien. Wie heißt es doch in einem Gedicht: »Markt und Straßen steh'n verlassen, still erleuchtet jedes Haus...«

In Gedanken drehe ich die Zeit noch einmal zurück und lese einen Brief meiner Großmutter, der mich im Winter 1951, fünf Tage vor der Geburt meines Sohnes, erreichte und der mich unvermittelt in die Kindheit zurückführte.

»Nun ist bald Weihnachten«, schrieb Oma. »Was war das für eine Freude, wie Du noch klein warst. Erinnerst Du Dich noch, wie Du mit Opa den Weihnachtsmann gesucht hast? Wenn ich daran denke, bin ich noch ganz jung und möchte die Zeit noch mal erleben …«

Ja, das möchte ich auch. Noch einmal zurückkehren von der Weihnachtsmannsuche, aus der klirrenden Kälte des ostpreußischen Winters hereintreten in die wohlige Wärme des Kachelofens, in die gemütliche kleine Stube, in der auf dem Tisch schon der Weihnachtsbaum stand, den Oma inzwischen mit glänzenden bunten Kugeln, Lametta und Engelshaar geschmückt hatte.

Gedrehte bunte Kerzen, deren Farben an Bonbons erinnerten, verzauberten mit ihrem warmen Licht das Zimmer.

Hinter dem Baum verbargen sich die Geschenke in buntem Papier, die meine Mutter in einem großen Paket aus Berlin geschickt hatte. Sie selbst musste arbeiten und konnte deshalb zu aller Leidwesen nicht bei uns sein. Auch von Tante Grete waren immer Päckchen mit etwas Schönem oder Praktischem für jeden dabei.

Der Heilige Abend begann damit, dass wir erst ein Weihnachtslied sangen und Opa anschließend aus der Bibel die Weihnachtsgeschichte vorlas, wobei er mir noch einmal in kindgerechten Worten erklärte, dass wir zur Erinnerung an Christi Geburt diesen Tag festlich begehen würden.

Auf diese Weise lehrten die Großeltern mich, dass ich mich in Geduld übte, Ehrfurcht vor dem Geschehen hatte und nicht einfach gedankenlos über die Geschenke herfiel.

Aber ich wäre kein richtiges Kind gewesen, wenn ich nicht darauf gebrannt hätte, endlich mit der Bescherung zu beginnen.

Als Erstes fiel mein Blick auf einen riesengroßen bunten Teller, der fest in Cellophan gehüllt ebenfalls in dem Paket aus Berlin gewesen war.

Mein Gott, da waren Sachen drin, die wir uns niemals hätten leisten können! Mandarinen, Feigen, Datteln, feinste Königsberger Marzipanherzen, Paranüsse, Pfefferkuchen, Haselnüsse, Walnüsse und, kunterbunt dazwischengestreut, gefüllte Schokoladenplätzchen mit bunten Streuseln.

Für Opa lag meist ein Kästchen Zigarren unter dem Baum, Oma freute sich über praktische Dinge wie warme Unterhosen und eine große Schürze. Ich war glücklich über die Erfüllung meiner Herzenswünsche. In einem Jahr waren es Schlittschuhe, die sich mit einem beigefügten Schlüssel, der an einer Schnur um den Hals gehängt wurde, eigentlich auf jeden Schnürstiefel anpassen lassen sollten. Nur leider nicht auf die Schuhe, die ich besaß. Ich knickte immer wieder um und verlor bald die Freude an diesem Sport. Ein Nesthäkchen-Buch tröstete mich.

Ein anderes Mal war eine große Puppe die Überraschung gewesen. Sie war fast so groß wie ein Baby, und Großmutter hatte, als sie in den Karton geschaut hatte, vor Schreck den Deckel fallen lassen – eine so riesige Puppe war ihr noch nie zu Gesicht gekommen. Aber sie fasste sich wieder und suchte mit mir einen passenden Namen aus.

Als meine Einschulung näher rückte, änderten sich die Weihnachtsgeschenke. So lag 1929 ein schmuckloser, aber solider Schulranzen aus dunkelbraunem Rindsleder unter dem Baum, der mich die nächsten acht Jahre begleiten sollte.

Neugierig und mit gemischten Gefühlen untersuchte ich seinen Inhalt. Da war ein hölzerner Federkasten mit geblümtem Schiebedeckel, in dessen Innenfach ich zwei Griffel, einen grünen hölzernen Federhalter samt dazugehörenden Federn mit unterschiedlich geformten Spitzen sowie Bleistifte und einen Anspitzer fand.

Als Nächstes betrachtete ich die holzumrahmte Schiefertafel, an der, an langen Bändern angebunden, ein Schwamm und ein Lappen zum Trockenwischen baumelten. Interessanter fand ich jedoch den Zeichenblock, ein Päckchen Buntstifte, ein Heft mit vielfarbigem Seidenpapier und zehn Röllchen Knetmasse, die mich mit dem restlichen Inhalt versöhnten.

Die Einschulung

Im Frühjahr des Jahres 1930 war es dann so weit – für mich begann der Ernst des Lebens.

Die Schule, in die ich künftig gehen sollte, war ein 1904 erbautes, großes rotes Backsteingebäude an der Augustastraße und war nach dem ersten Präsidenten der Weimarer Republik, dem Sozialdemokraten Friedrich Ebert, benannt.

Drei Jahre später, nach der Machtergreifung, hieß sie dann Horst-Wessel-Schule, zur Erinnerung an den 1930 erschossenen Studenten und SA-Sturmführer, den die Nationalsozialisten als Märtyrer verehrten.

Das Lied »Die Fahne hoch«, auch Horst-Wessel-Lied genannt, wurde zu einer zweiten Nationalhymne des Dritten Reichs.

Aber noch hatten die Nazis nicht das Sagen, wenigstens nicht offiziell, und so ging es in der Schule ganz normal zu.

Erwartungsvoll lief ich mit dem geschulterten Ranzen am ersten Tag an Opas Hand zur Schule. An eine Schultüte kann ich mich nicht erinnern.

Zunächst mussten die Anmeldeformalitäten erledigt werden.

Die Lehrerin saß auf einem erhöhten Pult und blickte auf uns herab, fragte dieses und jenes. Schließlich kam sie, die verhängnisvolle Frage: »Wie heißt dein Vater?« Ich antwortete genauso, wie Oma es mir eingeschärft hatte: »Mein Vater ist im Himmel.«

Doch diese Auskunft schien die Lehrerin in keiner Weise zufriedenzustellen.

»Dein Vater hatte doch einen Namen, oder nicht?«, bohrte sie weiter. »Schließlich heißt du ja auch so.«

Hilfesuchend fasste ich nach Opas Hand und sah ihn fragend an. Ich kannte den Namen meines Vaters ja nicht, ich hieß so wie Opa. Langsam schien die Lehrerin zu begreifen, die auf einen solchen Fall nicht eingestellt war.

Der erste Schultag begann mit dem Einteilen der Sitzordnung und der Ausgabe der Schulfibeln.

Unser wichtigstes Buch war die Ostpreußische Heimatfibel, nach der wir Lesen, Schreiben, Heimatkunde und Erdkunde lernten. Dazu kam noch das Rechenbuch.

Die schweren Holzbänke waren mit den Tischen verankert und für jeweils vier Kinder gedacht. In die Platten waren Tintenfässer mit Klappdeckeln eingelassen und Rillen für Griffel oder Federhalter. Es wundert mich heute noch, dass niemals ein Tintenfass durch die Luft geflogen ist.

Mein Platz war an einem hohen Fenster, das den Blick auf den Himmel freigab, der bei schönem Wetter tiefblau war.

Immer wieder wanderten meine Augen sehnsüchtig dorthin, denn mit dem Spruch, dass man nicht für die Schule, sondern fürs Leben lerne, konnte ich nichts anfangen. Meine Welt lag da draußen, jenseits der Schulmauern – da, wo meine Puppenstube, der

Kaufmannsladen, der Puppenwagen und das Dreirad waren.

Das alles fand ich damals völlig ausreichend, und anstatt dem Unterricht zu folgen, beobachtete ich fasziniert, wie der Wind die Wolken zu immer neuen Bildern zusammenfügte, die mich stark an meine Märchenfiguren erinnerten.

Das Ergebnis meiner »Wolkenträume« schlug sich im ersten Zeugnis nieder. »Träumt zuviel«, stand dort zu lesen.

Zu meinem Glück bekamen wir im zweiten Schuljahr einen Klassenlehrer, der mein Interesse zu fesseln vermochte und mich so an meiner Tagträumerei hinderte.

Er hieß Wiemer, war ein kleiner, etwas korpulenter Herr mit einem weißen Haarkranz, spiegelblanker Glatze und Goldrandbrille. Sein Lehrberuf schien ihm Berufung zu sein. Er hatte es nicht nötig, von der damals üblichen Rohrstock-Pädagogik Gebrauch zu machen, denn er traf bei uns Kindern immer den richtigen Ton. Wir mochten ihn mit großem Respekt wie einen väterlichen Freund.

Er verstand es, unsere Bereitschaft zum Lernen zu wecken. Ihm war es zu verdanken, dass ich mein Wolken-Kuckucksheim verließ und mich für die Realität und den Unterrichtsstoff zu interessieren begann. Mein Ehrgeiz war geweckt.

Das Verstehen erleichterte er uns durch praktische Beispiele. Als wir Schillers »Glocke« durchnahmen, erläuterte uns Herr Wiemer anschaulich den Entstehungsprozess, wie zuerst eine Form aus Lehm gebrannt werden musste, welch mühsames, schweißtreibendes Werk das gewesen sei und wie Schiller das mit dem »Segen von oben« gemeint hatte.

Damit wir die Freude an diesem langen und inhaltsreichen Gedicht nicht verlieren sollten, hatte er es in mehrere Abschnitte eingeteilt.

Wir freuten uns jedes Mal auf die nächste Deutschstunde, um zu hören, wie es weiterging mit der Geschichte.

Ich war stolz darauf, jeden Abschnitt des Gedichts fehlerfrei aufsagen zu können. Auf Omas Rat hin hatte ich das Gedicht am Abend vor dem Schlafengehen noch einmal durchgelesen und dann das Buch unters Kopfkissen gelegt. Ich glaubte felsenfest daran, dass nun die Verse aus dem Buch in meinen Kopf wandern und sich dort festsetzen würden. Wie auch immer – jedenfalls hat mein Glaube mir geholfen.

Im Musikunterricht, der in der großen Aula mit einem glänzend polierten schwarzen Flügel stattfand, brachte uns Lehrer Wiemer die schönsten Volks- und Heimatlieder bei wie »Sah ein Knab' ein Röslein steh'n …« und – in Ostpreußen selbstverständlich – »Ännchen von Tharau«.

Natürlich unternahmen wir auch einen Schulausflug nach Masuren, in den kleinen Ort Tharau, der unsterblich geworden war durch dieses wehmütige Lied, das von der starken Liebe zweier Menschen erzählt, die trotz Krankheit, Verfolgung, Betrübnis und Pein treu zueinanderstehen.

Auf dem Dorfplatz zeigte uns Herr Wiemer die Linde, die nach dem Mädchen benannt worden war. Wir fassten uns bei den Händen und bildeten einen

Kreis um den dicken Stamm und sangen aus vollem Herzen das Lied, dessen Text und Melodie wir kurz zuvor gelernt hatten. So gab uns unser Lehrer einen unvergänglichen Lied- und Gedichtschatz mit auf den Lebensweg.

Der Glasbläser

Ich war acht Jahre alt, als in der Schule angekündigt wurde, dass ein Glasbläser aus dem Bayerischen Wald nach Insterburg kommen würde, um uns sein Kunsthandwerk zu demonstrieren. Wir würden sehen, wie aus flüssigem Glas, mit dem Mund geblasen, wunderschöne Figuren entstehen würden. Natürlich könnten wir am Ende der Vorführung auch etwas von den Kunstwerken kaufen, erklärte unser Lehrer.

Wir Kinder waren über diese Abwechslung im Stundenplan hocherfreut und zogen erwartungsvoll in die Aula im vierten Stock.

Nur das mit dem Kaufen – das war für mich ein Problem.

Während andere Kinder zu diesem Zweck von zu Hause eine für meine Begriffe unvorstellbar hohe Summe erhalten hatten, klimperten in meiner Tasche gerade zehn Reichspfennig, das heißt ein Groschen. Das war bitter wenig, dafür hätte man damals gerade drei Eier kaufen können.

Trotzdem saß ich gebannt auf meinem Platz in der ersten Reihe und schaute zu, wie all die hübschen kleinen Tiere durch Blasen, Drehen, Ziehen und Schleudern entstanden.

Ein kleines weißes Reh hatte es mir besonders angetan.

Der Wunsch, es zu besitzen, wurde übermächtig in mir. Mit schweißnasser Hand umklammerte ich meinen Groschen in der Schürzentasche und begann zu ahnen, dass dieses Prachtstück für so wenig Geld nicht zu haben sein würde.

Nach Beendigung der Vorstellung stand ich als Erste vor dem Glasbläser und fragte zaghaft nach dem Preis. Die Antwort war niederschmetternd: fünfzig Reichspfennig!

Ich kam mir so arm vor mit meinem Groschen und konnte vor Enttäuschung nichts mehr sagen, weil mir die Tränen hochstiegen. Der Glasbläser musste meine Enttäuschung doch gesehen haben! Aber er blieb ungerührt und hart. Der Weg vom vierten Stock durch dunkle Flure nach unten war endlos. Ich war unendlich traurig, und diese Stimmung hielt bis zum Abend an.

Um meine Traurigkeit zu vergessen, wollte ich vor dem Schlafengehen noch ein wenig lesen, damit ich nicht immerzu an das kleine weiße Reh denken musste. Oma zündete die Gaslampe an, an der zwei kleine Ketten befestigt waren, die eine mit einem »A« für »AUF«, die andere mit einem »Z« für »ZU«. Opa begann die Zeitung zu lesen.

Manchmal ging der Glühstrumpf – ein dünnes, weißes Gewebe, das in der Lampe befestigt war und die Lampe zum Glühen brachte, wenn man ein Streichholz darunter hielt – kaputt, und ein neuer kostete fünfzig Reichspfennig. Das wusste ich damals schon. Auch der Zähler in der Küche für den Gasverbrauch war ein »Groschengrab«, denn man musste immer wieder Münzen einwerfen, um Gas zu bekommen.

Wenn ein Groschen aufgebraucht war, wurde es dunkler und dunkler. Ich rief dann: »Oma, das Licht geht aus!«

So war es auch an diesem Abend. Aber jetzt rief Oma aus der Küche zurück, sie hätte keinen Groschen mehr, wir müssten die Petroleumlampe anzünden. Diese verbreitete nicht nur einen unangenehmen Geruch, sondern spendete auch zu wenig Licht, um dabei lesen oder arbeiten zu können.

In dieser Situation wurde mir plötzlich bewusst, dass mein Wunsch, das kleine weiße Reh zu besitzen, vermessen und egoistisch war.

Den letzten Groschen hatte Oma mir am Morgen in die Schule mitgegeben. Es gab eben Zeiten, in denen das Geld knapp war, weil Opa keine Arbeit hatte.

Beschämt gab ich meinen Groschen an die Großmutter zurück.

Oma war sehr gerührt und ich erleichtert. Ich hatte meinen Egoismus erkannt, was wichtiger war, und der Verzicht auf das kleine weiße Reh tat nun nicht mehr so weh.

Traumhafte Sommertage

Auf einen Verzicht folgt auch immer wieder ein unerwartetes Geschenk.

Im Sommer 1932 beschloss meine Mutter, mit mir Ferien an der Ostsee zu machen. Ich sollte endlich das Meer kennenlernen, und sie erfüllte sich einen schon lange gehegten Wunsch, nämlich einmal ein paar Tage ganz mit mir alleine zu verbringen. Die Großeltern hatten das nur zu gut verstanden.

Sie suchte als Reiseziel den Badeort Rauschen aus, der nördlich von Königsberg an der Samlandküste lag und einst ein kleines Fischerdorf gewesen war.

Inzwischen hatte sich der Ort längst zu einem Seebad entwickelt, wenngleich er gemessen am eleganteren Cranz nach wie vor beschaulich wirkte.

Ich erinnere mich noch gut an den endlos langen Weg, der sich von der Steilküste zum Strand hinunterschlängelte und von allen »Schlängelweg« genannt wurde. Gleich am ersten Tag gingen wir zum Meer, dessen Anblick mich überwältigte. So imposant hatte ich mir das nicht vorgestellt, denn bisher hatte ich weder Fotos gesehen, noch war in der Schule über die Meere gesprochen worden.

Mit fassungslosem Staunen fühlte ich die Unendlichkeit, in der Himmel und Meer am Horizont zusammenzufließen schienen. Spontan umarmte ich meine Mutter, die mir dieses Erlebnis ermöglicht hatte.

Während sie in einem Strandkorb saß und ihre Morgenzeitung las, sammelte ich kleine Bernsteinstückchen, die ich im Seetang fand, den das Meer an den Strand geschwemmt hatte. Vorsorglich hatte ich zu diesem Zweck meinen hufeisenförmigen Ledergeldbeutel mitgenommen.

Auch das Baden im Meer bereitete mir einen Riesenspaß, besonders wenn die Wellen mit ihren weißen Schaumkronen auf mich zurollten. Anschließend genoss ich, von meiner Mutter sanft trocken gerubbelt, das Sonnenbad im feinen, warmen, weißen Sand. Über mir der tiefblaue Himmel und in den Ohren das Rauschen der Wellen – das war vollkommenes Glück.

Am Nachmittag war immer ein Spaziergang auf der Strandpromenade angesagt, doch bevor wir ins Hotel zurückkehrten, machten wir eine kurze Rast an einem Räucherstand und aßen Flundern, eine Spezialität der Samlandküste, die über Tannenzapfenfeuer geräuchert und von den Badegästen sehr geschätzt wurde.

Dann aber wurde es Zeit, dass wir uns umzogen, denn zu einem Bummel auf der Strandpromenade gehörte auch die entsprechende Kleidung.

Wir fanden uns beide todschick. Meine Mutter trug ein weißes, langes, enges Leinenkleid mit einer Pellerine und dazu eine hübsche kleine Kappe.

Mir hatte sie ein ebenfalls weißes Kleid aus Voile mit Rüschenrock geschenkt und einen dazu passenden weißen Leinenhut, einen sogenannten Südwester. Beide trugen wir außerdem noch jede eine kleine grüne Lederhandtasche. Noch nie war ich mir so elegant und so bedeutend vorgekommen, und ich habe diese Nachmittage auf der Strandpromenade mit meiner Mutter mein Leben lang nicht vergessen, ebenso wenig wie die lauen Abende, an denen wir oftmals in der Dunkelheit noch zum Strand gingen, wo in den Bäumen kleine Glühbirnen wie winzige Glühwürmchen leuchteten. Es war wie ein unwirklicher Traum!

Wenige Kilometer von Rauschen entfernt lag Palmnicken, bekannt nicht nur als Seebad, sondern vor allem durch sein Bernsteinbergwerk. Diesen Ort nicht zu besuchen, wäre eine Unterlassungssünde gewesen, und so ließen auch wir es uns nicht nehmen, dieses einmalige Wunder der Natur zu besichtigen, wo der weitaus größte Teil der Bernsteinvorkommen weltweit abgebaut und nach Königsberg zur Weiterverarbeitung geschickt wurde.

An einem regnerischen Tag fuhren wir also mit dem Taxi zu dieser bedeutendsten Fundstelle an der ostpreußischen Bernsteinküste und ließen uns durch einen Vortrag darüber informieren, dass Ostpreußen schon in der Antike bekannt für seinen Bernstein und dieser sehr begehrt gewesen war. Die Rechte an der Bernsteingewinnung waren seit der Zeit der Ordensritter streng geregelt, denn der Deutsche Orden hatte das staatliche Monopol eingeführt. Wer damals bei unerlaubtem Bernsteinsammeln ertappt wurde, konnte am nächsten Baum aufgehängt werden, denn für den Ordensstaat war der Bernsteinhandel ein überaus lukratives Geschäft. Später ging das Monopol auf den preußischen Staat über. Als wir an der samländischen Küste Urlaub machten, war es nicht mehr gefährlich, am Strand ein bisschen Bernstein zu sammeln. Obwohl ich noch ein Kind war, hat mich der Besuch in Palmnicken nachhaltig beeindruckt – nicht nur wegen der Schauergeschichten aus den Zeiten der Ordensritter.

Viel zu schnell gingen die erlebnisreichen Ferientage zu Ende, aber ich zehrte noch lange davon, denn meine Mutter hatte mir zum ersten Mal eine Welt gezeigt, in der nicht Armut und Mangel regierten.

Ein Sommer bei Tante Anna

Als ich elf Jahre alt war, beschloss meine Großmutter, mich den ganzen Sommer über zu ihrer Schwester nach Nibudzen zu schicken. Sie fand, dass ich viel zu blass und viel zu dünn war, da würde mir die Landluft gut tun.

Tante Anna und Onkel Karl, die keine eigenen Kinder hatten, freuten sich schon auf mein Kommen, und ich, ich freute mich vor allem auf das »Goldene Bett«, das in der guten Stube stand und das ich ganz für mich alleine haben würde.

Ich weiß nicht, ob es gold- oder messingfarben war – das konnte ich damals noch nicht unterscheiden –, aber auf alle Fälle war es für mich Gold wert, weil ich zu Hause das Bett mit Oma teilen musste.

Tante Anna hatte dieses Prachtstück in jener Zeit vor ihrer Ehe erworben, als sie, wie Oma auch, in fremden Familien gedient hatte, wie das so treffend genannt wurde, um sich eine Aussteuer kaufen zu können. Sie hatte also das Bett schon besessen, bevor sie einen Ehemann zu der Aussteuer gefunden hatte.

Onkel Karl war von Beruf Schneider, nicht mehr ganz jung, aber ledig, und hatte von seiner Mutter das Häuschen in Nibudzen geerbt. In meiner Erinnerung sehe ich ihn mit gekreuzten Beinen auf dem großen Schneidertisch sitzen. Über seinem Arbeitstisch hing eine Lampe mit großem, weißem Glasschirm und einer Zugschnur, die Tante Anna ebenfalls aus der Fremde mitgebracht hatte. Zwar musste sie auch noch mit Petroleum gefüllt werden, spendete aber immerhin mehr Licht als die kleine Funzel an der Wand, mit der sich Onkel Karl vorher begnügen musste.

Tante Anna holte mich in Insterburg ab und brachte ihrer Schwester bei dieser Gelegenheit einen großen Korb Kirschen mit, die sie für den Winter einkochen konnte. Ich fand, dass dies eine gute Idee war, nicht nur wegen des Kirschkompotts, sondern auch, damit Oma während meiner Abwesenheit beschäftigt war und mich nicht zu sehr vermisste.

Gemeinsam fuhren Tante Anna und ich mit der Kleinbahn bis Pelleninken, wo uns die Gutsbesitzerin mit ihrem Pferdegespann bereits an dem schäbigen Wellblechbahnhof erwartete.

Seit meinem letzten Besuch waren eine Reihe von Jahren vergangen, und jetzt nahm ich eigentlich die Gegend und das Dorf zum ersten Mal richtig wahr.

Im Hof des strohgedeckten Häuschens, dessen Dach tief heruntergezogen war, befand sich ein runder, gemauerter Ziehbrunnen, und darüber hing ein Eimer mit einer langen Kette, der mit einer Kurbel in den Brunnenschacht hinuntergelassen wurde. Hier schöpfte meine Tante täglich Wasser, denn eine Versorgung durch Wasserleitungen gab es in den kleinen Katen noch nicht. Wenn ich in den tiefen Brunnen hineinblickte, beschlich mich jedes Mal ein ängstliches, unheimliches Gefühl.

Wenn es längere Zeit regnete, war das zwar für den Wasservorrat gut, brachte aber auch Nachteile mit sich, denn der große Hof verwandelte sich rasch in eine morastige Fläche. Schlecht war das vor allen Dingen, weil man immer über den Hof zu dem Häuschen mit dem Herz musste, das an der Scheune angebaut war und aus einer Sitzbank über einer Grube bestand. Durch die Bretterritzen konnte man ganz tief nach unten blicken – ein Albtraum, der mich hin und wieder heute noch verfolgt.

Da war das Innenleben der Scheune schon interessanter. Dort befanden sich nämlich die Hühner sowie ein paar Gänse, die tagsüber munter über den Hof watschelten.

Von Zeit zu Zeit hörten wir im Morgengrauen ihr lautes, aufgeregtes Geschnatter, wenn der Fuchs sich einmal wieder sein Frühstück bei Tante Anna holte. Entweder fehlten Eier oder ein Huhn, wenn wir später nachschauten, seltener eine Gans.

Mitten in der Scheune stand ein merkwürdiges Gerät, das aus einem riesengroßen Holzkasten, gefüllt mit schweren Steinen, bestand und blank polierten Rollen, die aussahen wie große Nudelhölzer. Es war die Wäschemangel, die folgendermaßen funktionierte: Man legte die Wäschestücke auf die Rollen und schob dann den schweren Kasten hin und her, bis die Wäsche glatt genug war. Für diese Arbeit musste man zu zweit sein, weil einer allein den Kasten nicht bewegen konnte.

Alles war neu für mich, und ich genoss die Zeit. Es war ein schönes Gefühl, morgens aufzuwachen, wenn die Sonne schon hell ins Zimmer schien und die weißen Vorhänge aus Nesselstoff sich leicht bewegten.

Dann spähte ich zuerst nach dem Hocker neben dem Bett, auf dem meine Tante mir eine Scheibe selbst gebackenes Brot, das dick mit Butter und Honig bestrichen war, und einen Topf Milch hingestellt hatte.

Sie selbst war dann schon längst aus dem Haus und zum Ährenlesen auf die abgeernteten Felder des Gutshofs gegangen. Am meisten beeindruckte mich, dass sie barfuß über das Stoppelfeld ging. Die Ähren brachte sie in der Schürze zum Gutshof, und wenn gedroschen wurde, bekam sie einen gut bemessenen Sack Mehl dafür. Ebenso bekam sie dort genug Milch, um selbst zu buttern. Ich durfte ihr dabei helfen und die Kurbel des Butterfasses drehen, das in einem Nebenraum auf dem kühlen Lehmboden stand. Übrig blieb Buttermilch, die an heißen Tagen ein köstliches Getränk war.

Als die Ferien dem Ende zugingen, stellte Tante Anna mich im kleinen Kolonialwarenladen des Dorfes auf die Waage, mit der sonst Mehlsäcke abgewogen wurden. Ich hatte kräftig zugenommen.

Meine Großmutter sah es auf den ersten Blick, als ich in Insterburg aus dem Zug stieg. Sie hätte mich fast nicht wiedererkannt, meinte sie glücklich, und jetzt, das war ihr das Wichtigste, würde ich gut über den Winter kommen.

Auch ich freute mich, wieder zu Hause zu sein. Zwar hatte ich hier kein goldenes Bett mehr, aber dafür eine Oma, die mich fürsorglich zudeckte.

Eine neue Zeit

1933 wurde zum Schicksalsjahr der Deutschen, aber das merkte anfangs noch kaum jemand. Dass es gerade für uns in Ostpreußen der Anfang vom Ende war und mit dem Verlust der Heimat, mit millionenfachem Leid, Elend und Tod enden würde, das ahnten wir nicht, und wenn man es uns gesagt hätte, dann hätten wir es nicht geglaubt.

Es war die Zeit großer Worte und Gesten, aber nicht die Zeit für Skeptiker und besonnene, nachdenkliche Menschen – die wurden als »undeutsch« abgestempelt.

Zunächst schien ja auch alles nach Plan zu laufen: Das Heer der Arbeitslosen wurde abgebaut, Hitler ließ ehrgeizige Projekte in Angriff nehmen, wie beispielsweise die Autobahnen, von denen man erst später erfahren sollte, dass sie weniger eine Arbeitsbeschaffungsmaßnahme als eine Notwendigkeit für den bereits geplanten Krieg waren.

Die Partei kümmerte sich um Bedürftige, um kinderreiche Familien, selbst um ledige Mütter. War das nicht alles wunderbar sozial und gerecht?

Dass nichts zweckfrei geschah, übersah man geflissentlich. Auch die Ausgrenzung Andersdenkender, die Diffamierung und Entrechtung der Juden sowie der Bau der ersten Konzentrationslager erschienen vielen Volksgenossen bestenfalls nur als ein kleiner

Schönheitsfehler in einem ansonsten perfekten System.

Gib dem Volk Brot und Spiele, und es wird dir folgen!

Plötzlich konnten auch bedürftige Leute reisen. »Der deutsche Arbeiter reist«, lautete die Parole der Deutschen Arbeitsfront, und die Organisation »Kraft durch Freude« machte es möglich – sie schickte die Volksgenossen zur Erholung in die Berge oder ans Meer. Sogar eigene Schiffe gab es, wie die »Wilhelm Gustloff«, die am Ende des Krieges traurige Berühmtheit erlangte, als sie vor der Küste Pommerns mit mindestens fünftausend Flüchtlingen aus Ostpreußen an Bord nach einem Torpedotreffer unterging.

Das Volk dankte seinem Führer durch Ergebenheit und Schweigen. Später fühlte ich mich oftmals an die Geschichte vom Rattenfänger von Hameln erinnert, der es mit seinen verführerischen Flötentönen geschafft hatte, die Ratten in den Fluss zu locken.

Verlockend klangen auch die Lieder der damaligen Zeit. Publikumswirksam wurde der bekannte Schlager von der kleinen Möwe zur Hymne für KDF-Reisen umgedichtet:

Kraft durch Freude fährt nach Helgoland,
Jeder Volksgenosse muss mal an die See!
Drei Mark achtzig, ja, das macht sich –
Und den Rest bezahlt die NSDAP!

Das ganze Leben der Deutschen wurde von der Wiege bis zur Bahre durchorganisiert und in den verschiedensten Verbänden im Sinne der Partei gelenkt und kontrolliert.

Da gab es die Hitlerjugend, den Bund Deutscher Mädchen, den Reichsarbeitsdienst, die NS-Frauenschaft, um nur einige der wichtigsten zu nennen. Die Mitgliedschaft wurde teilweise zur Pflicht. Zwar gab es nach wie vor einige Mutige, die sich weigerten, ihre Kinder zur HJ oder dem BDM zu schicken, aber das hatte meist ziemlich weitreichende Nachteile für Schule und Beruf. Das Gros der Bevölkerung rief ohnehin begeistert: »Führer befiehl, wir folgen dir!«, und sang aus vollem Herzen:

Uns're Fahne flattert uns voran,
Uns're Fahne ist die neue Zeit,
Uns're Fahne führt uns in die Ewigkeit,
Ja, die Fahne ist mehr als der Tod!

Sie folgten Hitler so blind, wie es die Sage von den Ratten von Hameln erzählt. Die Ratten verschlang der Fluss, ohne sie je wieder freizugeben, die Volksgenossen verschlang der Krieg – viele von ihnen für immer, denn sie wurden in fremder Erde begraben oder blieben verschollen.

Auch in der Schule wehte jetzt ein anderer Wind. Ob wir es wollten oder nicht, wir wurden auf die nationalsozialistische Gemeinschaft eingeschworen, zumindest versuchte man das. So schickte man uns zu Beginn des Winters mit einer Sammelbüchse auf die Straße, um Spenden für das Winterhilfswerk zu erbetteln.

Diese nach der Machtergreifung gegründete Organisation hatte den Zweck, Arbeitslose und Hilfsbedürftige zu unterstützen – natürlich nur, sofern sie parteitreue Volksgenossen waren.

In diesem Winter 1935/1936, als mir die Aktivitäten der Nationalsozialisten erstmals wirklich bewusst wurden, wurden beispielsweise alle Hausfrauen aufgefordert, statt eines üppigen Sonntagessens mit Braten einmal einen Eintopf auf den Tisch zu bringen und das eingesparte Geld in die Sammelbüchse zu stecken. Für diesen Zweck spannte man auch die Schulkinder ein: In der Zeichenstunde mussten wir ein Bild über den »Eintopf-Sonntag« malen und es der Mutter zur Mahnung überreichen.

Ich habe mein Werk stolz meiner Großmutter gezeigt, aber die hat nur verständnislos den Kopf geschüttelt und gemeint, bei uns gäbe es ohnehin oft genug Eintopf.

Erstaunlicherweise sollte ich eines Tages jedoch ebenfalls in den Genuss nationalsozialistischer Wohltaten kommen.

Kinderlandverschickung

Es war im Sommer 1936, und wieder einmal stand eine Kinderlandverschickung an, die von der NS-Frauenschaft zugunsten bedürftiger Kinder durchgeführt wurde. Die Informationen gingen an alle Schulklassen. Ich war zwölf Jahre alt und hatte mich auch gemeldet.

Obwohl die Großeltern nicht viel mit den Nazis im Sinn hatten, unterstützte Oma meine Bewerbung, denn in diesem Sommer sah es finanziell bei uns sehr düster aus, weil Großvater eine Weile nicht arbeiten konnte. Da kamen kostenlose Ferien gerade recht. Allerdings muss ich zugeben, dass meine Familie damals das Ausmaß der parteilichen Einflussnahme auf das Leben der Einzelnen kaum richtig eingeschätzt haben dürfte.

Mich kümmerte dieser Aspekt wenig, jedoch bedrückte mich der wirtschaftliche Engpass in unserem Haushalt. Ich schrieb einen Bittbrief an meine Mutter.

Liebe Mutti, wir sind jetzt in großer Verlegenheit. Es ist so knapp bei uns, dass es kaum weitergeht. Opa war krank. Jetzt stempelt er. Die dritte Woche bekamen wir 3,60 RM. Nun war auch die Miete zu zahlen. Meinen beiden Paar Schuhen fehlen die Sohlen.

Liebe Mutti, wenn's geht, kannst Du uns mit etwas

Geld aushelfen? Wir würden uns sehr freuen. Oma hat schon Schulden gemacht. Dein Lorchen. Oma und Opa lassen herzlich grüßen.

Bedürftig war ich also in jedem Fall, aber es war fraglich, ob die Parteitreue der Großeltern ausreichte. Wir hatten schon die Hoffnung aufgegeben, als im Spätsommer plötzlich eine Aufforderung eintraf, ich sollte mich zur Untersuchung meiner Reisetauglichkeit für die Kinderlandverschickung einfinden.

Dann ging alles sehr schnell. Oma brachte mich zum Bahnhof, wo schon viele Kinder warteten, und ich winkte ihr lange aus dem geöffneten Zugfenster zu.

Am späten Abend kam ich todmüde an meinem Bestimmungsort Golzow in der Mark Brandenburg an.

Insgeheim hatte ich davon geträumt, von einer Familie mit Auto abgeholt zu werden. Kinder aus meiner Klasse, die bereits zurückgekehrt waren, hatten damit geprahlt.

Der Zug hielt an einem spärlich beleuchteten Bahnhof. Dort stand einsam auf weiter Flur eine Frau mittleren Alters mit Kopftuch. Sie hatte einen Handwagen für mein Gepäck dabei und nahm mich freundlich in Empfang.

Der Bahnhof lag außerhalb des Dorfes, und der Weg erschien mir endlos.

Sie erklärte mir, dass ich an diesem Abend vorerst auf ihrem Bauernhof untergebracht und am nächsten Tag dort abgeholt werden würde. Ich wusste nicht, was ich davon halten sollte, und hüllte mich in Schweigen.

Dann erreichten wir das Haus. Nie vergesse ich, wie liebevoll mich dort eine alte Frau, die sich auf einen Stock stützte, in Empfang nahm. Sie hatte schon auf mich gewartet und eine große Tasse Kakao und ein Honigbrot bereitgestellt. Dann brachte sie mich zu Bett.

Trotzdem war ich völlig verunsichert und ein wenig verängstigt und verkroch mich unter dem riesigen Federbett, um im Verborgenen bitterlich zu weinen. Tröstlich war nur gewesen, wie die alte Bäuerin das Federbett fürsorglich beklopft hatte. Das war fast so gewesen wie bei Oma.

Am nächsten Tag wurde ich um die Mittagszeit abgeholt. Vor der Tür stand, gespannt auf das Ferienkind wartend, ein Ehepaar mittleren Alters – mit Auto! Mein Herz tat einen Freudensprung, und ich war gespannt, was mich sonst noch erwarten würde.

Da sie keine Kinder hatten, gab es kein Extrazimmer für mich und auch kein richtiges Bett. Ich musste auf dem Sofa im Wohnzimmer schlafen.

In der ersten Nacht schlief ich sehr unruhig und fiel prompt herunter. Es war stockdunkel, und ich tastete vergeblich nach dem Lichtschalter. Also blieb mir nichts anderes übrig, als mich im Dunkeln wieder in mein Sofabett zurückzutasten.

Aber das sollte der einzige Tiefpunkt während meines Aufenthaltes in Golzow bleiben. Ansonsten gab es nur Höhen, denn für mich tat sich eine völlig neue Welt auf. Das anfängliche Heimweh war bald verflogen, und es entstand schnell ein herzliches Verhältnis zwischen mir und meinen Pflegeeltern.

Sie zeigten mir die Gegend und nahmen mich überallhin mit. Im wenige Kilometer entfernten Fredersdorf besaßen Verwandte ein großes Bauernhaus, wo sich oft die ganze Familie zusammenfand. Ich denke noch immer gerne an die fröhlichen Stunden dort zurück und an die Herzlichkeit, mit der sie mich in ihrem Kreis aufgenommen hatten.

Einmal fuhren wir an einem Sonntag nach Potsdam, das etwa dreißig Kilometer entfernt lag. Sie zeigten mir das berühmte Schloss Sanssouci, und ich lernte ein Stück preußischer Geschichte kennen.

In Golzow selbst schloss ich Freundschaft mit einem Mädchen aus dem Nachbarhaus. Ilse war ebenfalls zwölf Jahre alt, und entweder spielten wir gemeinsam in Haus und Garten oder unternahmen kleine Radtouren in der Umgebung. Eine führte uns ins nahe gelegene Lehnin, wo wir ehrfürchtig die Ruinen eines 1180 gegründeten Zisterzienserklosters bestaunten.

Meine Gasteltern bemühten sich ganz offensichtlich, mir den Aufenthalt bei ihnen zu einem unvergesslichen Erlebnis zu machen. Ich glaube, sie wetteiferten sogar ein wenig mit zwei anderen Familien im Dorf, die ebenfalls ein Ferienkind aufgenommen hatten. Die Zeit war eben so. Jedenfalls entwickelte sich aus der Beziehung zu dem Ehepaar Krumbach eine Freundschaft fürs Leben.

Von Ilse habe ich erst viele Jahre später wieder gehört, und es waren traurige Nachrichten. Mit ihr hatte es das Leben nicht gut gemeint. Sie war in den letzten Kriegstagen 1945, als die Rote Armee auch ihr Dorf besetzte, den gefürchteten Vergeltungsmaßnahmen zum Opfer gefallen und vergewaltigt worden. Ilse hatte das nicht ertragen und sich auf dem Dachboden ihres Elternhauses erhängt.

Im November ging die sorglose Zeit in Golzow zu Ende, und ich kehrte mit einem weinenden und einem lachenden Auge nach sechs Wochen nach Insterburg zurück. Oma holte mich vom Bahnhof ab, vergoss Freudentränen und wollte mich nach der langen Trennung gar nicht mehr loslassen.

Es gab ja so viel zu erzählen. Stundenlang saßen wir zusammen, denn die Großeltern wollten alles ganz genau wissen. Auf jeden Fall fanden sie, dass ich mich gut erholt hatte.

Ein langer, langer Brief ging natürlich nach Berlin an meine Mutter. Sie hatte bereits von ihrer Schwester gehört, wie gut ich es in Golzow angetroffen hatte, denn Tante Grete war überraschend einmal zu einem Besuch aus Berlin aufgetaucht, um nach mir zu schauen.

Im gleichen Brief erzählte ich auch von Omas Wiedersehensfreude, die sich unter anderem darin äußerte, dass sie die ganze Wohnung zu meinem Empfang auf Hochglanz gebracht hatte.

Sie hatte sich sehr fein gemacht. Sie hatte ihr neues Kleid und die schwarze Samtjacke an. Auch die Puppen hatten in der Zeit meiner Abwesenheit alle neue Kleider bekommen und saßen wartend auf dem Sofa. Oma hatte alles geschrubbt und gebohnert.

Das war Omas praktische Art, mir ihre Liebe zu zeigen sowie die Freude darüber, dass die Zeit der Trennung vorbei war. Wie sehr hat mir das später in meiner Berliner Zeit oft gefehlt!

Der Kolonialwarenladen

Auch Oma war froh, dass ich wieder zu Hause war, vor allem natürlich, weil sie sich eigentlich am liebsten gar nicht von mir trennte, aber auch, weil ich ihr inzwischen hin und wieder zur Hand gehen konnte.

Um die Familienkasse aufzubessern, hatte meine Großmutter eine Putzstelle angenommen, wo sie für einen ganzen Tag Arbeit eine Reichsmark und eine Flasche Milch erhielt. Wenn sie abends heimkam, war sie zu müde, um noch Besorgungen zu machen.

Deshalb schickte sie mich häufig in den kleinen Kolonialwarenladen in unserer Straße. Ich war stolz, dass man mir das zutraute, und ging sehr gerne dorthin. Am liebsten war es mir, wenn zwei oder drei Kundinnen vor mir dran waren, denn dann hatte ich Muße, mich umzuschauen, zuzuhören und zu beobachten.

Die Inhaberin, eine kleine, schwarzhaarige, pummelige Frau, ließ sich viel Zeit mit dem Bedienen und hielt gerne ein Schwätzchen.

Hinter der Ladentheke war ein Regal mit hölzernen Schubkästen, in dem sich alle möglichen Lebensmittel befanden: Salz, Mehl, Zucker, Erbsen und Graupen, die mit einer Schaufel in spitze oder rechteckige braune Papiertüten abgefüllt wurden. Es war ein bisschen so wie in unserem Küchenschrank, nur dass die Schubfächer viel größer waren.

Auf dem Ladentisch standen die Waage und daneben ein Holzblock mit den Gewichten. Die Hausfrauen beobachteten beim Abwiegen immer kritisch das Zünglein an der Waage.

Lagen alle Lebensmittel fertig verpackt auf der Theke, rechnete die Krämersfrau schnell auf einem Block die Preise zusammen. Manches liebe Mal hörte ich die verschämte Frage: »Können Sie das bis zum Wochenende anschreiben?« Das geschah vor allen Dingen in solchen Fällen, wenn ein Familienvater den letzten Wochenlohn sofort zum Gastwirt »Haupt« getragen hatte.

Interessant waren auch die verschiedenen Fässer und Gläser. Da gab es in einem großen Holzfass Rübenmarmelade, die einfach mit einem breiten Holzspatel auf Pergamentpapier geklatscht wurde.

In einem anderen Fass befanden sich Salzheringe in der Lake, die mit einer Zange herausgefischt und dick in Zeitungspapier gewickelt wurden, aber meist tropfte es leider trotzdem. Ganz ähnlich verhielt es sich mit den eingelegten Salzgurken, nur dass diese weniger intensiv rochen.

Im Hinterzimmer des Ladens wurden dann solche Sachen gelagert, die mehr für den Haushalt gedacht waren, wie Petroleum, Plattkohlen oder Gerstenfutter, das ich immer für Omas weiße Leghorn-Hühner kaufen musste. Der Kolonialwarenladen war eine kleine Welt für sich und bot fast alles, was wir zum Leben brauchten. Die Anonymität der großen Supermärkte lag noch in weiter Ferne.

Aber wir kauften keineswegs, wie heute üblich, alle Lebensmittel in solchen Läden, denn Obst und

Gemüse zog man damals selbst. Auch meine Großeltern besaßen ein kleines Stück Ackerland, auf dem Oma Kartoffeln, Rüben, Kohl und Kürbisse anbaute.

Im Herbst zogen wir dann mit unserem klobigen Handwagen los, um das Feld abzuernten.

Auf dem Hinweg durfte ich mich auf die leeren staubigen Kartoffelsäcke im Wagen setzen, doch wenn wir zurückgingen, musste ich Oma helfen, den voll beladenen Karren zu ziehen. Wenn wir auf einem ausgefahrenen Feldweg in der schweren, lehmigen Erde stecken blieben, zog Oma allein, und ich schob von hinten an.

Das Abernten war ein mühseliges Geschäft, und wir waren immer froh, wenn wir abends erschöpft wieder zu Hause waren, zumal es im Oktober gegen Abend schon recht kalt wurde.

Bevor wir jedoch die Beine hochlegen und uns am Kachelofen aufwärmen konnten, musste unsere Ernte in den Keller gebracht werden, wo es Verschläge für das Einkellern von Kartoffeln und Rüben gab. Die Kohlköpfe wurden später von Oma und Opa gemeinsam fein gehobelt und mit Kümmel und Salz in einem Holzfass eingestampft, das mit einem Deckel fest verschlossen und mit einem Stein beschwert wurde.

Unser Keller war also eigentlich unsere Vorratskammer, und wir stiegen von der Wohnstube aus hinunter. Normalerweise verdeckte ein Flickenteppich die Luke, aber wenn sie offen stand, flößte mir das als Kind immer Furcht ein, denn das dunkle Kellerloch war mir nie geheuer.

Andere Sachen wurden in braunen Steintöpfen aufbewahrt, die im vorderen Teil des Kellers standen. Meine Großmutter verstand es meisterhaft, den in kleine Stücke geschnittenen Kürbis süßsauer und mit Gewürzen versehen einzulegen. So hatten wir für ein Jahr immer eine köstliche Beilage zum Sonntagsbraten.

Ein weiteres Rezept war die Herstellung der sogenannten Kirschkreide, die Oma alljährlich mit den Kirschen aus Tante Annas Garten in Nibudzen zauberte. Es stammte ebenfalls aus dem dicken Kochbuch, das im Vertiko lag, und obwohl es mittlerweile mehr als hundert Jahre alt ist, finde ich es nach wie vor genial.

Man nimmt dunkle Sauerkirschen, wäscht sie und stielt sie ab, kocht sie dann im eigenen Saft so lange, bis sie vollständig zerfallen sind. Nachdem man sie durch ein Sieb gestrichen hat, um die Steine zu entfernen, werden sie noch einmal, ohne Zugabe von Zucker, weiter gekocht, bis die Masse steif ist.

Auf diese Weise erhält man ein Mus, das sich jahrelang hält und sich vorzüglich als Grundlage für Kirschsaucen oder Pfannkuchenfüllungen eignet. Man muss es nur wieder verdünnen und Zucker zugeben. Auch die Kirschkreide wurde in den braunen Steintöpfen im kühlen Keller aufbewahrt.

Ein besonderes Erlebnis war es für mich als Kind, wenn Großmutter einmal in die schöne große Markthalle ging, um dort einzukaufen, denn dann gab es unter Umständen einmal eine besondere Leckerei. Sie ging von Stand zu Stand, wählte mit Bedacht und nahm hier und dort ein Pröbchen. Sie kostete einfach alles, Birnenschnitze und Apfelscheiben – selbst mit Butter war sie heikel und ließ die mit einem kleinen Spatel angebotenen Stückchen auf der Zunge zergehen, um herauszufinden, ob sie etwa zu salzig oder zu wenig gesalzen war.

Wenn wir weitergingen, ohne zu kaufen, tat mir immer die enttäuschte Bauersfrau leid.

Ein Höhepunkt war, wenn sie gelegentlich Täubchen für das Sonntagsessen kaufte.

Allerdings war sie hier besonders kritisch, weil sie sich streng an die Ratschläge ihres Kochbuchs hielt.

Bei geschlachtetem Geflügel achte man darauf, dass die Ränder der Schlachtwunde nach außen klaffen und dass die Augen unter den geschlossenen Lidern noch voll erscheinen. Die Haut muss weiß und straff sein, darf aber nicht bläulich oder grünlich und weich erscheinen, da das Letztere Zeichen von beginnender Fäulnis ist. Auch muss das Fleisch kernig sein, und der Schnabel muss seine natürliche Farbe haben.

Speziell für Tauben hieß es:

Gute Tauben müssen fett sein, und die Brust soll fest und fleischig sein. Die jungen Tauben haben zarte, meist rosige Füße, die häufig dicht befiedert sind; das Brustbein ist leicht einzudrücken, und unter den Flügeln haben sie nur Daunen und keine Federn.

Erst, wenn alle Kriterien mit ihrem Kochbuch übereinstimmten, entschloss Oma sich zum Kauf.

Tiergeschichten

Von Omas Hühnern war schon die Rede. Sie liebte ihre weißen Leghorn-Hennen, kümmerte sich rührend um sie und sprach sogar mit ihnen. Die Tiere waren so zutraulich, dass sie sich von ihr auf den Arm nehmen ließen.

Wenn die Nächte klirrend kalt wurden, trug sie einen Eimer mit glühenden Briketts in den Stall, damit ihre Lieblinge es einigermaßen angenehm hatten.

Großmutter hielt die Hühner vor allem wegen der Eier, und es fiel ihr immer schwer, wenn sie zu besonderen Gelegenheiten eines für ein Festmahl opfern musste.

Irgendwann hielt zusätzlich zu den Hühnern in dem kleinen Stall ein Schwein seinen Einzug. Es war ein Eber, bei uns Kujel genannt, und sollte uns später besser über den Winter bringen. Tagsüber lief er gelegentlich im Hof herum, um etwas Bewegung zu haben.

Sobald Opa die Stalltür aufmachte, schoss der Kujel wie der Blitz heraus und sauste, vor Freude grunzend und mit erhobenem Ringelschwanz, durch den Hof. Ich hielt mich in respektvoller Entfernung hinter dem Gartenzaun und wartete gespannt auf den Moment, wo Opa sich bemühen würde, ihn wieder in den Stall zu treiben.

Natürlich hatte das Tier anderes im Sinn. Es versuchte, mit seinem Rüssel im harten Boden des Hofes nach Essbarem zu wühlen.

Opa, mit der Pfeife im Mund und einer kleinen Weidenrute in der Hand, ging ihm geduldig nach. Aber immer, wenn er ihn endlich vor der Stalltür hatte, schlug der Kujel grunzend einen Haken und rannte zur Seite davon – Opa war immer der Verlierer in diesem Spiel.

Dann klopfte ich ans Küchenfenster und rief: »Oma, der Kujel will nicht schlafen gehen, komm, hilf dem Opa!«

Sie hatte wohl schon damit gerechnet und den Futtereimer mit den gekochten Rüben und Kartoffeln, die mit Treber, einem Restprodukt beim Bierbrauen, vermischt wurden, bereitgehalten.

Sobald sie nur den Eimer schwenkte, trabte das Schwein willig hinter Oma her in den Stall. Für sein Fressen gab es seine Freiheit auf.

Später, als ich die Zeit des Tausendjährigen Reichs bewusster erlebte, dachte ich manchmal an unseren Kujel zurück. Nicht nur unwissende Tiere ließen sich leicht verlocken. Ein ganzes Volk erlag damals den Verlockungen von Brot und Spielen und folgte den Verführern ins Unheil.

Haustiere im heutigen Sinn hatte ich keine. Nur ein Zeisig lebte eine Zeit lang bei uns. Mein Großvater hatte ihn mir eines Tages mitgebracht, um mir eine Freude zu machen. Aber diese Freude hielt sich in Grenzen.

Zum einen fand ich, dass sein Käfig viel zu klein

war, und zum anderen hing er an der Decke neben dem Fliegenfänger. Dieser kleine graue Vogel, der manchmal traurig tschilpte und immer wieder mit seinen Flügeln gegen die Gitterstäbe flog, tat mir leid, weil er eingesperrt war. Ich sprach oft mit ihm. Das Füttern nahm mir die Großmutter ab, weil der Käfig so hoch hing. Eines Morgens wachte ich von seinem Flattern auf und sah den Zeisig in der Stube kreisen. Hatte Oma das Türchen nicht richtig zugemacht? Oder wollte sie ihm einfach ein wenig Freiheit gönnen?

Doch auch wenn sie ihm etwas Gutes hatte tun wollen, so hatte sie nicht an den Fliegenfänger gedacht, der voll fetter Fliegen von der Decke baumelte. Aber mein kleiner Zeisig muss wohl das Schlaraffenland vor sich gesehen und sich im erwachten Jagdeifer und im Glück der neu gewonnenen Freiheit darauf gestürzt haben.

Mit Entsetzen sah ich, wie er verzweifelt versuchte, sich aus der tödlichen, klebrigen Falle zu befreien. Waren es die verklebten Flügel oder war es ein Herzschlag – jedenfalls stürzte er plötzlich wie ein Stein auf die Tischkante. Ich weinte bitterlich über seinen Tod, denn ich hatte mich doch sehr an ihn gewöhnt.

Oma nahm mich in die Arme und versprach mir, dass wir am Nachmittag, wenn ich aus der Schule käme, dem Zeisig eine schöne Beerdigung ausrichten würden. Ich dürfte den Platz im Garten aussuchen.

Sie opferte eine hübsche Konfektschachtel, in der sie eigentlich das Nähgarn aufbewahrte. In den Deckel schnitten wir ein quadratisches Loch und klebten Cellophan dahinter. Mit Watte und einem lila

Seidenunterrock, den meine Mutter irgendwann vergessen hatte, bastelten wir einen Schneewittchen-Sarg. Mein Schmerz hatte sich in Eifer umgewandelt, und als wir den Zeisig schön gebettet in die Erde versenkt und Blümchen auf das Grab gepflanzt hatten, war mein großer Kummer bereits einer stillen Trauer gewichen.

Die Einsegnung

1938 war für mich ein bedeutsames Jahr, denn ich wurde aus der Schule entlassen. Vorher jedoch fand noch meine Konfirmation statt.

Wir gehörten zur Melanchthon-Gemeinde, einer reformierten Kirche am Markgrafenplatz, die mit ihrem wuchtigen Bau und dem imposanten Turm an eine Trutzburg erinnerte.

Zwei Jahre lang hatte ich mich hier einmal wöchentlich einfinden müssen, um mich mit dem Katechismus vertraut zu machen.

Zunächst lasen wir das Glaubensbekenntnis und das Vaterunser, dann folgten die Zehn Gebote. Alles musste auswendig gelernt werden, aber der Anfang ging ja noch, weil er uns einigermaßen bekannt vorkam.

Pfarrer Schalaster bemühte sich geduldig, uns auch den weiteren Inhalt des Katechismus sowie christliche Werte zu vermitteln, damit wir den Stürmen und Anfechtungen des Lebens gewachsen sein würden.

Doch viel eindrucksvoller als seine frommen Lektionen war sein Abschiedsgeschenk kurz vor der Einsegnung: Wir durften mit ihm den Turm der Kirche besteigen, was normalerweise untersagt war.

Es war ein klarer Vorfrühlingstag, und der Blick von dort oben reichte weit über die Stadt und die

Umgebung. Ich konnte sogar die Augustastraße erkennen, in der wir seit April 1938 wohnten, ebenso die Guttmannstraße, wo wir früher gelebt hatten.

Dann aber wurde es ernst.

Die Prüfung fand an einem Nachmittag in der Kirche statt, und Angehörige und Gemeindemitglieder waren geladen. Wir waren sehr aufgeregt und besorgt, welche Fragen der Pfarrer uns stellen würde, aber an mir ging zum Glück der Kelch vorüber, dass ich eine Frage nicht beantworten konnte.

Meine Mutter war zwar in Insterburg, aber bei der Prüfung nicht dabei. Sie hatte mir zu diesem Anlass ein schönes schwarzes Taftseidenkleid mit weißem Kragen und einer schwarz-weißen Kordel aus Berlin mitgebracht. Ich kam mir ungeheuer erwachsen und elegant darin vor.

Dann kam der große Tag, der 20. März 1938, auf den wir uns schon so lange gefreut hatten. Es war Tradition, dass alle Konfirmanden weiße Kleider trugen.

Meine Mutter half mir, das lange weiße Kleid anzuziehen, und legte mir eine schöne Bernsteinkette um den Hals, die ich heute noch besitze.

Unter Glockenläuten und brausender Orgelmusik schritt unser Pfarrer im schwarzen Talar und mit dem Predigtbuch in den Händen würdigen Schrittes vor seinen Schäfchen zum Altar. Es herrschte eine feierliche und erwartungsvolle Atmosphäre. Die ersten zwei Bankreihen waren für uns reserviert. Blumen und Kerzen, die an diesem Tag den Altar schmückten, hatten dem sonst spartanischen Raum seine Strenge etwas genommen.

Nach der Predigt stellten sich die Konfirmanden im Halbkreis vor dem Altar auf. Es war mucksmäuschenstill, als der Pfarrer jedem der Reihe nach seinen Spruch vorlas und segnend die Hand auf den Kopf legte.

Der Segen, der mir jetzt zuteil wurde, gab mir ein Gefühl der Zugehörigkeit zu einer christlichen Gemeinschaft, das den Makel meiner unehelichen Geburt und das Empfinden, irgendwie ausgegrenzt zu sein, zu löschen schien. In diesem Moment verspürte ich nur Erleichterung und Dankbarkeit. Um ein Haar wäre ich in Tränen ausgebrochen.

Die Zeremonie endete mit leise einsetzender Orgelmusik. Jetzt gehörten wir zu den Erwachsenen und sollten im Kreise der Angehörigen am Spätnachmittag erstmals zum Abendmahl gehen.

Zuvor aber ging es erst einmal nach Hause, wo meine fleißige Großmutter schon mit dem Festessen wartete, das natürlich zu einer Einsegnung gehörte wie das Amen in der Kirche.

Als ersten Gang gab es eine Hühnersuppe mit handgemachten Nudeln, dann folgte Hühnerfrikassee mit Salzkartoffeln und süßsaurem Kürbis. Eine Schale Rote Grütze mit Vanillesoße rundete das Essen ab, für das meine Großmutter schweren Herzens eine ihrer zehn Leghorn-Hennen geopfert hatte.

Für die nachmittägliche Kaffeetafel hatte sie einen Streuselfladen vorbereitet, den sie kurz zuvor zum Bäcker gebracht hatte, damit er wirklich frisch auf den Tisch kam. Einen Backofen besaßen wir nach wie vor nicht.

Die Zeit, erneut in die Kirche zu gehen, rückte näher. Das Abendmahl sollte schließlich die Krönung des heutigen Tages sein. Ich war sehr gespannt auf dieses Ereignis, und natürlich wollte ich das schöne weiße Kleid, das neue Gesangbuch und den Maiglöckchenstrauß ausführen.

Aber es kam alles ganz anders, und das hat mir noch lange zu schaffen gemacht.

Oma mahnte schon zum Aufbruch, als plötzlich meine Mutter in einem Ton, der mich erschreckte, verkündete: »Ich gehe nicht mit zum Abendmahl! Ich habe nicht vergessen, dass meinem Kind bei der Taufe der kirchliche Segen verweigert wurde. Der Pfarrer sagte damals zu mir: ›Den Namen kann ich deinem Kind nicht verwehren und die Taufurkunde auch nicht. Aber den kirchlichen Segen kann ich dir und deinem Kind nicht geben, weil es unehelich ist und somit in Sünde gezeugt wurde.‹ Seit dieser Kränkung war ich nicht mehr bereit, in die Kirche zu gehen. Euch und meiner Tochter zuliebe und weil ich euch nicht die Freude verderben wollte, bin ich heute mitgegangen, aber am Abendmahl nehme ich nicht teil.«

Als sie an diesem Morgen in der Kirche meine Einsegnung erlebte, war sicher ihr Blick auf das nicht zu übersehende Taufbecken gefallen, an dem sie vor vierzehn Jahren die schlimme Demütigung erleben musste. Ihr war keine Vergebung zuteil geworden, wie es beim Abendmahl versprochen wird, und diese Scheinheiligkeit hat meine Mutter nie verwunden.

An der Kaffeetafel herrschte plötzlich betretenes Schweigen. Meinem Großvater liefen die Tränen übers Gesicht. Was ging in ihm vor? Das Ende vom Lied war, dass wir alle zu Hause blieben. So kam ich um mein erstes Abendmahl, und tief in meinem Herzen beschlich mich wiederum das Gefühl, mit einem Makel geboren und ausgegrenzt zu sein.

2.

Wechselnde Pfade,
Schatten und Licht,
alles ist Gnade,
fürchte dich nicht.
Masurischer Hausspruch

Ein neuer Lebensabschnitt

Große Veränderungen standen nach meiner Schulentlassung ins Haus, denn meine Mutter und die Großeltern waren übereingekommen, dass es jetzt an der Zeit wäre, nach Berlin und in Mutters Nähe zu kommen. Sie wollte, dass ich zuerst die Handelsschule besuchte, um einen besseren Start ins Berufsleben zu haben, als es ihr jemals vergönnt war.

Natürlich freute ich mich auf das Leben in der Großstadt, das mir sicher mehr Aufregungen bieten würde als unser verschlafenes Insterburg – allerdings hatte 1938 noch niemand eine Ahnung von dem Ausmaß der kommenden Aufregungen.

So spannend der bevorstehende Umzug auch für mich sein mochte, so hatte ich gleichzeitig eine schreckliche Angst davor, mich von Oma zu trennen. Und meine Großmutter erst! Immer wieder betonte sie, wie einsam sie sein würde ohne mich. Schon meine Landaufenthalte in den letzten Sommern waren ihr unglaublich schwergefallen, obwohl ich nach ein paar Wochen wieder zurückgekommen war.

Deshalb löste der Gedanke, sie zu verlassen, bedrückende Schuldgefühle in mir aus, zumal sie, die keine eigenen Kinder hatte, all ihre Liebe seit vierzehn Jahren ganz auf mich konzentriert hatte. Ich war ihr Lebensinhalt geworden, ihr Ein und Alles.

Der Gedanke, sie und Opa in freudloser Einsamkeit zurückzulassen, wurde mir immer unerträglicher, und mir kam die Idee, Oma würde wieder jemanden zum Liebhaben und Umsorgen brauchen.

Sie ließ sich nur allzu gern überzeugen. Noch immer gab es genug Kinder, die von ihren Müttern verlassen wurden, und eines wäre bestimmt dankbar für ein liebevolles Zuhause.

Die Großeltern setzten sich mit den zuständigen Behörden in Verbindung, und bald konnten wir mit meinem Puppenwagen losziehen und ein Baby, das von der Fürsorge für eine Pflegestelle freigegeben worden war, aus der Frauenklinik abholen.

So kam Nils-Detlev Schulz in unser Leben.

Von seiner unverheirateten Mutter haben wir nie Näheres erfahren. Von seinem Vater hieß es, er sei Berufsoffizier bei der Wehrmacht, habe das Kind einmal in der Klinik angeschaut und sei dann wieder gegangen. Behalten wollte auch er den kleinen Jungen nicht.

Oma schloss das Kind sofort liebevoll in die Arme und in ihr Herz. Sie hatte wieder jemanden, der sie brauchte, und nun fiel ihr der bevorstehende Abschied von mir nicht ganz so schwer.

Ich blieb noch ein paar Monate in Insterburg, doch dann mussten wir endgültig Abschied nehmen. Die Großeltern brachten mich zum Bahnhof – alle weinten. Oma gab mir allerlei gute Ratschläge mit auf den Weg und befahl mich dem Schutz des lieben Gottes. Ich stieg ein, der Zug setzte sich in Bewegung und ratterte mit mir durch die Nacht einer neuen Zeit entgegen. Meine Kindheit war zu Ende gegangen.

In Berlin erwartete mich am nächsten Morgen meine Mutter am Bahnhof, um mit mir gleich mit einem Regionalzug weiterzufahren.

Bevor ich nämlich an Handelsschule und Berufsausbildung denken konnte, musste ich erst mein Pflichtjahr absolvieren, das die Nationalsozialisten 1938 jedem Jungen und jedem Mädchen nach dem Schulabschluss vorgeschrieben hatten.

Während die Jungen meist zu militärischen Hilfsdiensten wie dem Bau des Westwalls herangezogen wurden, sollten die Mädchen kinderreiche Familien unterstützen oder bei der Ernte helfen. »Erziehung zur nationalsozialistischen Arbeitsauffassung und zur Volksverbundenheit«, nannte man das.

Meine Mutter hatte nun eine schlaue Idee gehabt, um dieses Jahr für mich so angenehm wie möglich zu gestalten, und sich mit meinen Golzower Gasteltern aus Zeiten der Kinderlandverschickung in Verbindung gesetzt. Diese waren zwar nicht kinderreich, sondern kinderlos, lebten zwar auf dem Land, brauchten jedoch keine Hilfe für eine Landwirtschaft, und trotzdem hatte es geklappt, dass ich dort mein Pflichtjahr verbringen konnte.

Sie haben mir später erzählt, der im Nebenhaus wohnende Ortsgruppenleiter hätte ihnen den gut gemeinten Rat gegeben, sich der neuen Zeit anzupassen und durch die Übernahme eines Pflichtjahrmädchens das Einverständnis mit der Parteiführung zu bekunden. Vermutlich hatte er die Sache so gedreht, dass alles seine Richtigkeit hatte.

Allerdings trug bei mir dieses Jahr nicht, wie beabsichtigt, dazu bei, mich im Sinne der Partei auf Linie zu bringen. Ganz im Gegenteil: Was mir hier mitgegeben wurde, war das Rüstzeug für mein Leben nach dem Ende des Spuks. Mir hätte nichts Besseres passieren können als dieses Jahr in Golzow.

Als Mutter und ich an der kleinen Bahnstation in der Mark Brandenburg aus dem Regionalzug kletterten, sahen wir schon die Krumbachs, die uns mit dem Auto abholten.

Es gab ein großes Hallo, als wir uns nach zwei Jahren begrüßten, und vor allem ich war glücklich, wieder dort zu sein. Auch die Dreizimmerwohnung sah noch genauso aus wie damals, abgesehen davon, dass Frau Krumbach jetzt im Wohnzimmer, in dem ich wieder auf dem etwas durchgelegenen Sofa schlafen musste, eine kleine Schneiderei betrieb, denn sie hatte ihr Hobby zum Beruf gemacht.

Das große Wohnzimmerfenster gab den Blick frei auf den kleinen Blumengarten, den ich zu betreuen hatte, und einen Steinwurf entfernt befand sich gegenüberliegend der Friedhof, auf dem die meisten der schönen Grabsteine vom Grabsteingeschäft Krumbach aufgestellt waren.

Vor dem Fenster, aus dem man auf den kleinen Blumengarten sah, stand die Nähmaschine, an der Frau Krumbach und ihre Tante Paula sich gegenübersaßen.

Sie nähten wunderschöne Kleider, und wenn die Damen zur Anprobe vor dem großen Spiegel standen, sahen sie sehr zufrieden aus.

Meine Aufgabe bestand unter anderem darin, den beiden Frauen ein wenig zur Hand zu gehen, aufzuräumen, mit dem Magnet die Stecknadeln aufzusammeln und anderes mehr.

Bald durfte ich auch die Innennähte der oft langen Festroben von Hand versäubern, was mit dem vorhandenen Nähmaschinentyp noch nicht möglich war. So wandelte sich mein Pflichtjahr mehr und mehr zu einem Lehrjahr.

Meine Gastmutter hatte schnell erkannt, dass es mit meiner Garderobe nicht weit her war, und da das Ehepaar mich an den Wochenenden oft zu Besuchen und Veranstaltungen mitnahm, nähte sie mir ein paar hübsche Kleider, die ich mir aus den Modejournalen aussuchen durfte. Stolz und glücklich hütete ich sie wie meinen Augapfel.

Einmal erzählte ich ihr, dass Oma geschrieben hatte, mein kleiner Pflegebruder Detti brauchte dringend ein warmes Mäntelchen, und schon schneiderte sie aus einer alten, aber gut erhaltenen Cordsamtjacke, die Tante Grete uns überlassen hatte, einen wunderschönen Mantel für den Kleinen. Oma war außer sich vor Freude, als das gute Stück in Insterburg eintraf.

Alles in Golzow war ein wenig komfortabler und großzügiger, als ich es aus unserem bescheidenen Haushalt gewohnt war.

Herr Krumbach war Steinmetz, und seine Familie besaß eine kleine Werkstatt, in der vor allem Grabsteine hergestellt wurden. Seine Frau allerdings stammte von einem Bauernhof, auf dem sie mit sieben Geschwistern aufgewachsen war, und noch immer steckten die Eltern ihr allerlei gute Sachen zu.

Am schönsten war das gemeinsame Frühstück am Sonntagmorgen. Frische Brötchen hingen in einem Stoffbeutel an der Türklinke, und es machte mir großen Spaß, früh aufzustehen, um den Tisch zu decken.

Es war alles da: selbst gemachte Erdbeermarmelade, Schlackwurst aus eigener Schlachtung sowie Käse und Butter. Wenn ich dann an das bescheidene Zuckerbrot zu Hause dachte, mischte sich in das Gefühl, im Paradies zu sein, ein wenig Schuldbewusstsein. Aber am Montagmorgen gab es wieder Klunkersuppe wie bei Oma.

An der Pumpe nahe beim Haus holte ich jeden Morgen frisches Wasser für den täglichen Bedarf in zwei weißen emaillierten Eimern.

Am Samstagmorgen blieb ein Eimer leer, um ihn am Bierwagen mit Malzbier füllen zu lassen.

Der Bierwagen wurde von zwei Pferden gezogen, und der Kutscher machte sich mit einer lauten Schelle bemerkbar.

Ich musste das Bier mit einem Trichter in Flaschen füllen. Das Problem der Einwegflaschen gab es nicht. Wenn sie leer waren, wurden sie ausgespült und in der Kammer abgestellt.

In der Küche stand ein großer Herd, auf dessen Platte ein Wasserschiff mit blankem Kupferdeckel stand, sodass stets heißes Wasser zur Verfügung stand, denn da auf dem Herd täglich gekocht wurde, war er immer geheizt.

Für den Abwasch war das eine gewaltige Erleichterung, ebenso der Küchentisch mit den Schubladen, in denen sich zwei Schüsseln befanden.

Für die kleine Wäsche gab es in der Küche ein gusseisernes Becken mit Ablauf, aber ohne Wasserhahn, denn fließendes Wasser hatten die Krumbachs ebenfalls nicht.

Da das Waschen der Wäsche unter solchen Umständen ein riesiger Aufwand war, den man nicht allzu oft betreiben wollte, hatten die Hausfrauen zumeist einen großen Vorrat an Wäsche im Schrank.

Waschtage bedeuteten immer viel Arbeit und große Anstrengung, denn für die große Wäsche wurde der Kessel im Waschhaus geheizt. Am frühen Morgen schleppte ich schon Eimer um Eimer Wasser von der Pumpe dorthin, dazu einen Korb Holz aus dem Stall nebenan.

Zunächst wurde die Wäsche eingeweicht und erhitzt. Anschließend musste sie abkühlen, dann wrang man sie aus und ließ das Wasser ab – zum Glück hatte der Kessel unten einen Ablaufhahn. Ich dachte oft an meine Großmutter, die mit weit weniger komfortablen Bedingungen zurechtkommen musste.

Um nebenbei etwas zu verdienen, wusch sie für fremde Leute die Wäsche. Sie hatte dafür nur eine Zinkwanne, die sie ausschöpfen und die vollen Behälter im Hof entleeren musste.

In Golzow kam nach dieser von mir zu erledigenden Vorarbeit eine Waschfrau. Gott sei Dank! Sie bereitete für den zweiten Waschgang die Persillauge zu, und während die Wäsche kochte, spannten wir im Hof die Leinen.

Bis das Feuer unter dem Kessel erloschen und die Wäsche halbwegs abgekühlt war, sodass die Waschfrau sie auf dem Brett oder auch ich sie zwischen den Händen rubbeln konnte, blieb uns ein wenig Zeit zum Kaffeetrinken. Ich freute mich immer schon auf ein Brötchen mit der guten Erdbeermarmelade.

Es war ein langer Tag, bis die schwere, nasse Wäsche auf den Leinen hing. Ich war rechtschaffen müde, und meine Hände waren wund von der scharfen Lauge, aber es war durchaus wichtig, im Hinblick auf den benachbarten Ortsgruppenleiter, zu demonstrieren, dass Krumbachs Pflichtjahrmädchen zu richtiger Arbeit angehalten wurde und keineswegs nur auf Rosen gebettet war.

Obwohl wir bereits alle in einer Zeit der schleichenden Unfreiheit lebten, die mit schön verpackten Versprechungen allmählich von den Menschen in vielen Bereichen Besitz ergriff, erschien mir mein Tagesablauf meist glücklich und sorglos.

Unvergesslich geblieben sind mir die Sonntage, an denen wir nach Fredersdorf fuhren, zu Frau Krumbachs elterlichem Bauernhof. Diese Ausflüge hatte ich schon vor zwei Jahren geliebt und das Beisammensein in dem großen, fröhlichen Familienkreis genossen.

Es war üblich, dass auch sämtliche Geschwister mit ihren Familien erschienen, denn obwohl sie woanders lebten, betrachteten sie den elterlichen Hof nach wie vor als Heimat. Zur Unterhaltung nahmen wir meist unser Radio mit, denn außer Krumbachs besaß niemand eines.

Für mich war es immer ein Erlebnis, dort zu sein. Wenn wir die große Wohnstube mit den kleinen Fenstern und der niedrigen Decke betraten, stand meist schon eine große Schüssel Kartoffelsalat auf dem langen Tisch. Dazu gab es reichlich Wiener Würstchen, die der älteste Sohn Otto, von Beruf Metzger, mitgebracht hatte. Man saß stundenlang beisammen, später noch bei Kaffee und Kuchen, und man hatte sich viel zu erzählen. Wie oft habe ich später noch an diese Familie und ihre heile Welt gedacht.

Wie im Flug verging mein Pflichtjahr, und als ich Golzow verließ, überschatteten schon drohende, dunkle Kriegswolken den Abschied. Alles schien plötzlich so ungewiss, und jeden von uns überfiel die bedrückende Ahnung, dass es nie wieder so sein würde, wie es bisher gewesen war.

In Berlin bei Kriegsbeginn

Am 1. September 1939, dem Tag des deutschen Überfalls auf Polen, der den Zweiten Weltkrieg einläutete, holte meine Mutter mich in Golzow ab und fuhr mit mir nach Berlin.

Sie hatte keine eigene Wohnung, weil sie wegen der wechselnden Arbeitsstellen als Saaltochter oder Serviererin in verschiedenen Hotels und Gaststätten mal hier und mal dort lebte. Wenn sie in Berlin war, was während der Saison durchaus nicht häufig der Fall war, wohnte sie zusammen mit ihrem Lebensgefährten bei dessen Tante.

Der junge Mann hatte nach einer Ausbildung am Konservatorium eine Band gegründet und war ebenfalls ständig unterwegs, denn zu jener Zeit war es Mode, in eleganten Kaffeehäusern zum Nachmittagskaffee eine Band zu engagieren, oder er spielte abends in einem der zahlreichen Nachtlokale.

Für ihn und meine Mutter war es also ein praktisches und preiswertes Arrangement, dass sie bei Bedarf immer eine Unterkunft bei der netten alten Tante hatten.

Dort aber konnte sie mich nicht auch noch unterbringen, und so hatte sie eine Verabredung mit einer Freundin getroffen, die bereit war, mich aufzunehmen. Sie selbst verabschiedete sich gleich wieder, nachdem sie mich in der Stralsunder Straße abgeliefert hatte, um das Geld für meinen Aufenthalt und die Schule zu verdienen.

Tante Tutti hieß eigentlich Gertrud Niesporek, und bisher hatte ich noch nie von ihr gehört. Jetzt erfuhr ich, dass sie vor ihrer Ehe eine Arbeitskollegin von meiner Mutter gewesen war. Sie lebte in einer kleinen Zweizimmerwohnung, und da ihr Mann bereits vor dem Angriff auf Polen eingezogen worden war, hatte sie Platz für mich. Ich schlief jetzt im Bett ihres Mannes, um den sie sich schreckliche Sorgen machte, sodass oft eine gedrückte Stimmung herrschte.

Ich fühlte mich fremd in Berlin und kam mir vor wie ein Vögelchen, das aus dem sicheren Nest gefallen war. Doch ich hatte Glück: Der Krieg hatte bereits begonnen, als Herr Krumbach mich noch einmal für ein paar Tage nach Golzow holte.

Er trug bereits die Wehrmachtsuniform und war mit einem großen, braunen Cabriolet gekommen, an dessen Fabrikat ich mich nicht erinnern kann. Er war befördert worden und nun der persönliche Fahrer eines hohen Offiziers, der in Berlin stationiert war.

Dessen Name wurde später oft im Zusammenhang mit der Ostfront im Wehrmachtsbericht im Radio erwähnt. Wir rätselten lange, warum man gerade ihn dazu auserkoren hatte. Der Politik war er eher gleichgültig gegenübergestanden und hatte stattdessen eher sein Grabsteingeschäft im Kopf.

Doch gab es in jener Zeit noch nicht viele routinierte Autofahrer mit ausreichender Erfahrung. Um einen Mann wie ihn zu finden, waren vielleicht auch

Ortsgruppenleiter beauftragt worden, die einen persönlichen Leumund abgeben sollten.

In Golzow angekommen, durfte ich mit Herrn Krumbach eine Ehrenrunde in diesem Fahrzeug drehen.

Noch einmal genoss ich wunderschöne Tage auf dem Land, bis ich ein paar Tage später in dem Wehrmachtsauto wieder nach Berlin zurückgebracht wurde.

Es war ein Abschied, von dem wir nicht wussten, ob es jemals ein Wiedersehen geben würde.

Am 11. Oktober 1939 begann meine Ausbildung in Rösners kaufmännischer Privatschule am Hackeschen Markt.

Ich wusste schon, dass ich einmal Säuglings- und Kinderkrankenschwester werden wollte, doch dieser Traum lag noch in weiter Ferne, weil man dazu das achtzehnte Lebensjahr erreicht haben musste.

Also ging ich zunächst brav zur Handelsschule und wohnte weiterhin bei Tante Tutti. Im Laufe der Zeit lernten wir, miteinander auszukommen, obwohl ich sie ziemlich schwierig fand. Einerseits konnte sie ein prima Kumpel sein, andererseits reagierte sie oft hysterisch.

Wenn ich mich beispielsweise an ihre weißen, steif gestärkten Handarbeitskissen auf der Couch lehnte, konnte sie schnell ausrasten und warf eine Kleiderbürste nach mir. Deshalb war ich ständig bemüht, mich anzupassen und alles recht zu machen, was allerdings nicht immer gelang. Gottlob war sie jedoch nicht nachtragend.

In der Schule fühlte ich mich wohl und fand hier gleich eine Freundin, die mir über alle Kriegswirren hinweg fürs Leben erhalten blieb. Auch sie war fremd in Berlin, stammte ebenfalls aus der Provinz, aus Pommern, und das verband uns.

Der Zufall wollte es, dass wir von Anfang an in der ersten Bankreihe nebeneinander saßen. Inge war ein Jahr jünger als ich, schlank und dunkelhaarig, und ihre aufgeschlossene, fröhliche Art empfand ich als sehr einnehmend. Sie hatte das Glück, bei Verwandten zu wohnen, die im Norden Berlins, nicht weit von Tante Tuttis Wohnung, in einer lebhaften Geschäftsstraße ein kleines Goldwarengeschäft besaßen.

Ich ging gerne dorthin, um gemeinsam mit Inge die Hausaufgaben zu machen, denn in ihrer Wohnung war es wohltemperiert, während ich bei Tante Tutti mit meinen klammen Fingern kaum den Federhalter halten konnte. Die Verwandten hatten sich offensichtlich wegen der eigentlich rationierten Kohlenzuteilung problemlos arrangiert, denn der Kohlenhändler war gerne bereit, für Gold ein Auge zuzudrücken – so hatte Inge es mir lachend erzählt.

Der erste Kriegswinter war nämlich besonders hart, und es gab bereits Versorgungsengpässe bei der Kohlenzuteilung. Tante Tutti zählte die Briketts einzeln ab und ließ den kleinen Ofen nachts ausgehen, um unsere Ration zu strecken.

Wir zogen uns zum Schlafengehen nicht aus, sondern an, doch trotz Pullovern, Mützen und Handschuhen froren wir, und das ganze Bett war am Morgen klamm und vom Atem steif gefroren.

Worüber wir am Abend noch gelacht hatten, das war am nächsten Morgen absolut nicht mehr lustig. Wenn wir dann an Hauswänden und in den U-Bahn-Stationen die Parolen lasen: »Räder müssen rollen für den Sieg!«, wussten wir wenigstens, wo die Kohlen geblieben waren und warum unser Frieren einen höheren Sinn hatte.

Zurück zu meiner Freundin Inge. Gemeinsam unternahmen wir zwei Landpomeranzen auch die erste Entdeckungsreise in die Weltstadt Berlin. Geplant war, mit der U-Bahn zum Alexanderplatz zu fahren, was wir auch schafften. Doch als wir dort die breiten Treppen mit Herzklopfen nach oben stiegen und unsere Nase in die Berliner Luft streckten, waren wir beide so überwältigt und eingeschüchtert von dem verwirrenden Großstadtgetümmel, dass wir auf dem Absatz kehrtmachten und aus Angst, den Heimweg nicht mehr zu finden, sofort zurückfuhren.

Aber einmütig stellten wir später fest, dass es eine notwendige Erfahrung gewesen war. Und wir beschlossen, es immer wieder zu probieren, und zwar gemeinsam. Daran haben wir uns gehalten, nicht nur während unserer Berliner Zeit. Auch später haben wir alle Berg-und-Tal-Fahrten des Lebens geteilt oder zumindest Anteil daran genommen. Vor allem im Alter entdeckt man, welch großes Geschenk es ist, eine Freundin zu haben, zu der man sagen kann: »Weißt du noch – damals!«

Auf unseren Entdeckungsreisen in Berlin, die schnell dem ersten Fehlschlag folgten, hatten wir das Glück, diese lebensfrohe Stadt noch unzerstört genießen zu können. Wir besichtigten die historischen Bauten, machten Ausflüge in die wunderschöne Umgebung und genossen das große Freizeitangebot. Wir ergriffen von »unserem Berlin« Besitz und ahnten nicht, dass es bald in Schutt und Asche versinken würde.

Berliner Impressionen

Am besten kannte ich die Umgebung meiner Schule, die im Bezirk Mitte unweit des Alexanderplatzes lag. Hier stieg ich aus der U-Bahn und fuhr das kleine Stück bis zum Hackeschen Markt mit der Straßenbahn.

In diesem Stadtteil, der bis zur zweiten Hälfte des 18. Jahrhunderts noch vor den Toren der Stadt gelegen hatte, hatten sich viele Juden vor allem aus Osteuropa niedergelassen, hier befanden sich ihre Synagoge und ihr Friedhof. Dass dies ein jüdisches Viertel war, wurde mir jedoch erst richtig bewusst, als ab September 1941 laut Polizeiverordnung die Juden im gesamten Reich einen gelben Stern deutlich sichtbar auf der linken Seite der Kleidung tragen mussten.

Ich kann mich noch gut an eine anrührende, aber gleichzeitig beklemmende Szene erinnern. Eine schüchtern wirkende ältere Frau war in die Straßenbahn gestiegen und setzte sich. Sie trug an ihrem Mantel den gelben Stern. Ich stand auf der Plattform, als ein hoch dekorierter Offizier zustieg. Erschrocken sprang die Frau auf und stellte sich neben mich, denn Juden war es verboten, in öffentlichen Verkehrsmitteln einen Platz zu beanspruchen. An der nächsten Station stieg der Offizier aus, und der Schaffner, ein typischer Berliner mit Herz und Schnauze, kam auf die Frau zu mit den Worten: »Setz dir man, Sternschnuppe. Der Lametta-Fritze ist raus!« Wären doch nur alle Deutschen so gewesen wie dieser einfache Mann mit dem goldenen Herzen!

Aber das waren sie nicht. Aus den geheimen Berichten der Gestapo, den »Meldungen aus dem Reich«, mit denen die Einstellung der Bevölkerung zu verschieden Maßnahmen und vor allem zur Judenpolitik sondiert wurde, geht hervor, dass die meisten ein rigoroses Vorgehen begrüßten – nur relativ wenige äußerten Mitleid mit der Diskriminierung und Entrechtung der Juden.

Sie interessierten sich auch kaum dafür, dass immer weniger gelbe Sterne im Straßenbild zu sehen waren, weil die Deportation der Berliner Juden in die Gettos im Osten und von dort in die Vernichtungslager begonnen hatte. Im Mai 1943 erklärte Goebbels Berlin stolz als »judenfrei«!

Es scheinen nicht allzu viele gewesen zu sein, die betroffen waren vom Schicksal ihrer jüdischen Mitbürger, die dem Tod schon so nahe waren, aber vorher noch durch die Hölle gehen mussten.

Im Pflichtfach »Staatspolitischer Unterricht« wurde unsere jüdische Mitschülerin Irene immer gebeten, dieser Stunde fernzubleiben, obwohl es unserer Lehrerin ganz offensichtlich schwerfiel, die Anweisung von oben zu befolgen.

Eines Tages kam Irene nicht mehr, doch ich habe mich erst später nach den Gründen gefragt. Als es passierte, waren wir jung, unbedarft und vergaßen schnell. Vielleicht hatte auch der staatspolitische Unterricht, in dem auch »vom Schutz des deutschen

Blutes und der deutschen Ehre« die Rede war, in unseren Köpfen eine unheilvolle Wirkung gezeigt, sodass wir das Fernbleiben unserer jüdischen Mitschülerin als ganz normal hinnahmen.

Nach wie vor genossen wir das quirlige Leben am Potsdamer Platz, der nach dem Krieg für vier Jahrzehnte zum tristen Niemandsland verkommen würde.

Gelegentlich gönnten wir uns ein Mittagessen im »Pschorr-Bräu« nahe dem Potsdamer Bahnhof, für das wir einen Abschnitt der Lebensmittelkarte opfern mussten, die bereits zu Beginn des Krieges eingeführt worden war.

Hin und wieder gab es Bombenalarm, den aber zunächst niemand so recht ernst nahm, und Angst um unser Leben hatten wir damals noch nicht.

Dank des Propagandaministers Josef Goebbels und des Reichsmarschalls Hermann Göring, der lauthals verkündet hatte, »Meier« zu heißen, wenn ein einziges feindliches Flugzeug Berlin erreichen würde, wiegten sich die Berliner nach wie vor in einer trügerischen Sicherheit. Bis zum August 1940 gab es auch nur wenige Male Alarm, und die Schäden hielten sich in Grenzen.

So verlebte ich auch meinen sechzehnten Geburtstag noch ziemlich unbesorgt im bekannten und beliebten »Haus Vaterland«. Das Haus wurde später von Bomben zerstört, und man kann sich heute die Ausmaße dieses Vergnügungstempels kaum noch vorstellen: Es gab allein zweitausend Restaurantplätze, und besonders eindrucksvoll sind mir die

»Rheinterrassen« in Erinnerung geblieben. In einem anderen Raum war originalgetreu eine Grinzinger Weinschenke nachgebaut, wo man sich gemütlich im Dämmerlicht einen österreichischen Heurigen servieren lassen konnte.

Ich begann Berlin zu lieben und wollte nicht mehr weg aus dieser lebensfrohen Stadt.

Berlin wäre nichts gewesen ohne einen Besuch im noblen Kaufhaus des Westens und ohne einen Bummel über den Kurfürstendamm.

Noch bot der berühmte Ku-Damm ein Bild des Friedens und der heilen Welt.

Der Krieg schien sich weit weg im »Feindesland« abzuspielen.

An die Rationierungen hatten wir uns schon lange gewöhnt, sie waren alltäglich geworden. Wir holten auf dem zuständigen Bezirksamt unsere Lebensmittelkarten und die Punktkarte für Textilien. Ein Bezugschein für Schuhe musste gesondert beantragt werden.

Natürlich wurde uns bei einem Bummel durch das KadeWe klar, dass wir uns das dort, trotz des Krieges, überwältigende Warenangebot mit unseren Karten nicht leisten konnten, aber den meisten anderen ging es nicht anders.

In den folgenden Kriegsjahren reduzierte sich das Angebot zunehmend. Die Wehrwirtschaftsbetriebe hatten andere Sorgen. Heute kann man sich solche Einschränkungen gar nicht mehr vorstellen. Bevor man etwas einkaufen konnte, wurden immer erst die Zuteilungspunkte abgeschnitten.

In den Restaurants musste der Kellner nach der Bestellung sofort einen Lebensmittelabschnitt abtrennen und an der Theke für die Essensausgabe abliefern.

Im Kaffeehaus wurde für ein Stück Kuchen eine Kuchenmarke abgeschnitten. Hatte man die Zuteilung, die ja ohnehin begrenzt war, schon verprasst, gab es nichts mehr. Ich hatte eigentlich immer Hunger!

Der Krieg rückt näher

Ende August 1940 war es vorbei mit der relativ sorglosen Zeit. Von jetzt an begannen die Bomber der britischen Royal Air Force gezielt Angriffe auf das Reichsgebiet zu fliegen, natürlich auch auf Berlin.

Allabendlich mussten jetzt bei einbrechender Dunkelheit die schwarzen Verdunkelungsrollos an sämtlichen Fenstern der Wohnung heruntergelassen werden, bevor das Licht eingeschaltet werden durfte. Das war Pflicht, und der Luftschutzwart des Hauses machte gewissenhaft seine Kontrollgänge. So manches Mal hörte man ihn brüllen: »Licht aus!«

Wir lebten immer in der Hoffnung, dass nach der Entwarnung unsere Wohnung heil geblieben war, für viele oftmals eine trügerische Illusion.

Die britischen Bombereinheiten fanden ihre Ziele, und wir wussten mit einem Blick zum Himmel, welchen Stadtteil sie sich vorgenommen hatten. Mit den farbig leuchtenden, sogenannten Christbäumen, die zwar wunderschön anzusehen waren, aber todbringend vom Himmel schwebten, steckten sie ihre Ziele ab, um kurz danach ihre Sprengbomben, Brandbomben und Luftminen auszuklinken.

Einen solchen Angriff erlebte ich zum ersten Mal in der Stralsunder Straße. Ich war auf dem Weg nach Hause, als ich die lautlos am Himmel schwebenden Christbäume sah.

Ziel des Angriffs sollte offenbar das nicht weit entfernte AEG-Werk sein.

Ich rannte, wie mir schien, um mein Leben, um auch Tante Tutti zu warnen und mit ihr schnellstens den Luftschutzkeller, der früher einmal unser Kohlenkeller gewesen war, aufzusuchen.

Inzwischen kannte ich die ganze Hausgemeinschaft des Hintergebäudes, in dem sich unsere Wohnung befand. Ich hatte mich daran gewöhnt, mich beim Heulton der Sirenen sofort in den Luftschutzraum zu begeben, vor dessen Eingangstür Wassereimer und Sandsäcke bereitstanden. Ängstlich wartete ich fortan jeden Tag auf den Heulton der Sirenen.

Mein kleiner Luftschutzkoffer mit den wichtigsten Papieren und den liebsten Fotos stand immer griffbereit neben der Tür. Dann saßen wir, gelähmt vor Angst, im Keller und warteten, ob die Bomben unser Haus treffen würden. Manchmal schwankte das ganze Gebäude wie ein Schiff im Sturm durch den Sog einer Luftmine, die durch die Straße gefegt war, uns aber wie durch ein Wunder verschont hatte. Dann hielt ich den Atem an, kauerte mich zusammen und hielt die Arme instinktiv über den Kopf. In meinen Schreckensträumen malte ich mir aus, wie es sein würde, unter den Trümmern begraben zu sein. Voller Verzweiflung schrie ich stumm zum Himmel, dass ich nicht sterben wollte.

Wenn endlich der erlösende Dauerton für Entwarnung kam, stieg ich mit meinen Leidensgenossen dankbar und erleichtert die Kellertreppe hinauf zurück in unsere noch heil gebliebene Wohnung.

Der nächtliche Gang in den Keller wurde fast zur Gewohnheit. Die Angriffe häuften sich, aber nicht immer waren alle Stadtteile in gleicher Weise betroffen. Neben dem ersten ist mir vor allem ein zweiter Angriff wegen der besonderen Begleitumstände in Erinnerung geblieben.

Inzwischen hatten wir alle begriffen, was es bedeutete, wenn unmittelbar nach dem Heulton der Sirenen plötzlich mehrere Leuchtmarkierungen am Himmel standen, und wir verloren keine Zeit, die Keller aufzusuchen.

Auch unsere Nachbarin Lotte saß bereits mit ihrem neugeborenen Baby und ihrem vierjährigen Sohn unten. »Gott sei Dank, dass du da bist«, sagte sie erleichtert, und ich fühlte, dass ich ihr meine Angst nicht zeigen durfte.

Ich nahm den kleinen Dieter rittlings auf meinen Schoß, und beim Einschlagen der Bomben und beim Zischen der Luftminen drückte er sein Gesicht angstvoll an meine Schulter.

Die Bombenangriffe kamen in Wellen. In der gespenstischen Atmosphäre von ein paar kleinen Taschenlampen, die wie Irrlichter in den zitternden Händen ihrer Besitzer tanzten, saßen wir wie gelähmt da, selbst in den Bombenpausen, mit der vagen Hoffnung, jetzt hätten sie abgedreht. Doch entsetzt mussten wir hören, dass die nächste Einheit mit ihrer tödlichen Fracht bereits im Anflug war. Einige von uns hatten die Hände gefaltet, und wer nie gebetet hatte, hat es in dieser Nacht gelernt.

Mehr als zwei endlos erscheinende Stunden saßen wir im Keller. Unausgesprochen ahnten wir, dass dies der Anfang einer Katastrophe war und dass keineswegs nur Industrieanlagen das Ziel der Bombenangriffe gewesen waren. Die Engländer hatten bereits Flugblätter abgeworfen und die Bevölkerung aufgefordert, zu kapitulieren.

Endlich kam der erlösende Entwarnungston. Wir waren noch einmal davongekommen.

Unser Hausmeister, gleichzeitig Luftschutzwart, kam zu uns in den Keller, um uns mitzuteilen, dass unsere Wohnungen – ohne Fenster – noch stehen würden und dass wir nicht sofort nach oben gehen, aber auch nicht im Keller bleiben könnten, weil ein Blindgänger im Nachbarhaus entschärft werden müsste.

Er gab uns Anweisung, dass wir schnellstens durch das Inferno der brennenden Häuser hindurch rennen müssten, um am Ende der Straße die heil gebliebene Schule zu erreichen.

Ich machte zwei Babymullwindeln im Wassereimer nass und band sie mir und Dieter vor Mund und Nase. Tante Tutti half Lotte, eine Luftschutzdecke über sich und das Baby zu ziehen. Dann stieg unsere Kellergemeinschaft nacheinander schweigend die Kellertreppe hinauf.

Wir erkannten unsere Straße nicht wieder. Es schien uns, als kämen wir in eine gespenstische Horrorwelt mit bengalischer Beleuchtung, die durch die Phosphorbrände hervorgerufen wurde. Entlang den brennenden Häusern rannten wir über Schutt und Glasscherben zur Schule, die unzerstört geblieben war. Hier hatten sich schon andere ausgebombte Menschen hingeflüchtet, und es spielten sich erschütternde Szenen ab.

Wir waren froh, zunächst in Sicherheit zu sein, und dankbar für einen heißen Tee, der uns angeboten wurde. Die verstörten Menschen diskutierten darüber, wer noch vermisst wurde. Wann immer die Tür aufging und eine eben noch angstvoll vermisste Person hereinkam, spielten sich rührende Szenen der Wiedersehensfreude ab, doch manche warteten vergeblich.

Irgendwann konnten wir in unsere Wohnungen zurückkehren. Als wir die Eingangstür aufschlossen, fielen mir spontan die Zeilen eines Gedichts ein, das ich einmal in der Schule gelernt hatte: »In den öden Fensterhöhlen wohnt das Grauen, und des Himmels Wolken schauen hoch hinein.«

Das traf den Nagel auf den Kopf.

Durch die gestern noch gemütliche kleine Wohnung waren die Druckwellen des Feuersturms hindurchgefegt. Als Erstes räumten wir mühsam die zerborstenen Fensterscheiben in eine Wanne und transportierten sie in den Hof. Jetzt hatten wir keinen Platz mehr, an dem wir uns geschützt aufhalten konnten, denn an eine Reparatur war im Moment nicht zu denken. Die Glaser hatten Hochkonjunktur, und zudem war Glas Mangelware.

Es war Ende September, und die Wohnung wurde zunehmend kalt und feucht. Regen hatte eingesetzt. Alle verfügbaren Decken und Bettlaken mussten herhalten, um die Fensteröffnungen einigermaßen abzudichten. Strom und Gas, alles war ausgefallen. Wir lebten wie die Maulwürfe im Dunkeln. Wir hatten ein paar Kerzen und einen Spirituskocher, um uns eine warme Suppe zu kochen. Aber wie lange noch?

Doch es waren nicht nur die Belastungen durch die Bombenangriffe, die unser Leben veränderten, und nicht nur die Rationierung von Lebensmitteln und Brennmaterial – nein, etwas zuvor Undenkbares war geschehen. Die deutschen Frauen, die gemäß den nationalsozialistischen Parolen eigentlich für Heim und Herd und die Aufzucht arischer Kinder zuständig waren, fanden sich seit Kriegsbeginn vermehrt in den großen Fabriken wieder. In Berlin waren das AEG, Siemens und Borsig, die alle Rüstungs- bzw. Wehrwirtschaftsbetriebe waren.

Die Einberufung der Männer zur Wehrmacht hatte zu einem erheblichen Mangel an Arbeitskräften geführt, und die Ersten, die in die Bresche springen mussten, waren die Frauen, vor allem kinderlose. An ihnen lag es jetzt, die Produktion kriegswichtiger Waren sicherzustellen. Später füllte man die immer größer werdenden Lücken in den Betrieben mit Zwangsarbeitern aus den besetzten Ländern.

Da es vor allem in der Rüstungsindustrie und ihren Zulieferbetrieben oft um geheime Produktionen ging, waren alle zum Stillschweigen verpflichtet. Auch Tante Tutti, die ebenfalls zur Fabrikarbeit antreten musste, hüllte sich in Schweigen, wenn man sie nach der Art ihrer Tätigkeit fragte.

Solch erzwungene Geheimnistuerei erzeugte Misstrauen, und bald wusste man nicht mehr, wem man trauen konnte.

Wer sich allzu offen über die Mangelwirtschaft

oder gar den Sinn des Krieges ausließ, lief Gefahr, von vermeintlichen Freunden denunziert zu werden. Bewusst schuf der Staat dieses Milieu der Verdächtigungen, nicht zuletzt auch mit den allgegenwärtigen Warnungen: »Pst, Feind hört mit!«

Zu diesem Schriftzug gehörte das Bild des überlebensgroßen schwarzen Schattenmannes mit Schlapphut, der das Gesicht verbarg, das an den Wänden der U-Bahn-Stationen ebenso platziert war wie an den Litfaßsäulen.

Spitzel wären überall unerkannt unterwegs, und wenn man nicht aufpasste, führte das zur Wehrkraftzersetzung. Da war sie wieder, die Dolchstoßlegende aus dem Ersten Weltkrieg – die Behauptung, das Versagen der Heimatfront würde den Erfolg der ruhmreichen Wehrmacht gefährden, nur dass man jetzt schon vorbeugend warnte.

Das leidige Wohnungsproblem

Im Sommer 1940 traf ich Astrid wieder, eine Freundin aus Insterburger Kindertagen. Wie ich war sie bei ihren Großeltern aufgewachsen, denn ihre Mutter lebte ebenfalls in Berlin. Jetzt sollte sie hier ihr Pflichtjahr absolvieren. Gerade, als für mich die Prüfungen für meinen Abschluss auf der Handelsschule begannen, wurde sie sehr krank – sie hatte ein schweres Nierenleiden. Ich besuchte sie, so oft es mir möglich war. Einmal fragte sie mich: »Erinnerst du dich an das Gedicht, das wir in der Schule gelernt haben? Ich bringe es nicht mehr zusammen, da hieß es: … bin ich und bist auch du, verscharrt im Sand zur ew'gen Ruh', wer weiß wo.«

Sie meinte ein Gedicht von Detlev von Liliencron über die Schlacht von Kolin aus den Zeiten des großen Preußenkönigs, das den Titel trug: »Wer weiß wo«, und dessen letzter Vers folgendermaßen lautete:

…

Und der gesungen dieses Lied
Und der es liest, im Leben zieht
Noch frisch und froh.
Doch einst bin ich und bist auch du
Verscharrt im Sand zur ewigen Ruh,
Wer weiß wo.

Astrid starb Ende September. Ihre Mutter brachte sie in ihren letzten Lebenstagen zurück nach Hause, nach Insterburg zu den Großeltern. Ein Gefühl großer Angst und Traurigkeit überkam mich, als ich mich von ihr verabschiedete.

Kurze Zeit später erhielt ich ein Telegramm mit der Todesnachricht und dem Datum der Beerdigung. Es war ein sonniger Tag mit wolkenlosem klarblauen Himmel, doch als der Sarg ins Grab gesenkt wurde, fielen plötzlich dicke Regentropfen. Die Trauergäste schauten verwundert zum Himmel und sagten: »Der Himmel weint!«

Mit Astrid war meine Kinderfreundschaft gestorben und alles, was wir gemeinsam geteilt und erlebt hatten. Wie ich hatte auch Astrid mit dem Makel gelebt, keinen Vater zu haben, wie bei mir war auch ihre Mutter nur ein Gast in Insterburg gewesen, weil sie anderswo ihr Geld verdienen musste. An all das dachte ich, als ich von der Beerdigung zurück nach Berlin fuhr.

Dort angekommen, erlebte ich die nächste böse Überraschung: Tante Tutti, die in panischer Angst vor den Bombenangriffen lebte, hatte beschlossen, in ihre Heimatstadt Königsberg zurückzukehren, wo sie sich sicherer glaubte als in Berlin. Hier wollte sie sich eine Arbeit suchen und auf die Rückkehr ihres Mannes aus dem Krieg warten. Für mich bedeutete das, dass ich eine neue Bleibe brauchte.

Aber meine Mutter hatte sich schon darum gekümmert, nachdem Tante Tutti sie über ihre Pläne in Kenntnis gesetzt hatte.

Ich würde bei Astrids Mutter unterkommen. Es war zwar nur eine Zweizimmer-Wohnung, in der auch noch ihr Lebensgefährte wohnte, aber es musste reichen.

Mein Schlafplatz war die Couch im Wohnzimmer, meine Habseligkeiten blieben im Koffer, und die Schultasche stand neben dem Bett. Meine Erinnerungen an Astrid waren schmerzlich, und das unbekümmerte Verhältnis, das ich als Kind zu Tante Friedel hatte, wenn sie zusammen mit Mutti nach Insterburg kam, war dem bedrückenden Schuldgefühl gewichen, dass ich noch leben durfte.

Aber das neue Wohnverhältnis entwickelte sich überaus problematisch, weil auch Tante Friedel mit dem Tod ihrer Tochter nicht zurechtkam und sich durch meine Anwesenheit beständig daran erinnert fühlte. Sie trank viel zu oft und immer mehr, und oft stand sie ohne Orientierung vor einer fremden Wohnungstür.

Eines Tages, als ich aus der Schule kam, stand mein Koffer im Hausflur mit dem Hinweis, sie sei zu ihrer Schwester nach Bielefeld gefahren, meine Mutter möge sich doch um mich kümmern.

Eine kurze Zeit wohnte ich dann bei Bekannten meiner Mutter, einer älteren Frau und ihrer dreißigjährigen Tochter, die wegen Kinderlähmung nicht arbeitsfähig war. Vor ihrer Krankheit war sie eine begeisterte Sportlerin gewesen. Manchmal bekam ich eine gewisse Eifersucht von ihr zu spüren, die mich ratlos und befangen machte.

Die alte Dame dagegen war sehr lieb zu mir, und wir waren übereingekommen, unsere Schlafstätten von Zeit zu Zeit zu tauschen, sodass jeder einmal in den Genuss des weichen Doppelbettes im Schlafzimmer kam. Es war schließlich kein Zustand, ständig auf einer Klappliege in der Küche zu schlafen.

Manche Nacht verbrachten wir allerdings mittlerweile sowieso schon im Luftschutzkeller, denn nach wie vor gab es Bombenangriffe, wenngleich es nur ein winziger Vorgeschmack war auf das, was die deutschen Städte in den letzten beiden Kriegsjahren erwarten sollte.

Trotzdem traf man schon Menschen, die alles verloren hatten, die in den U-Bahn-Stationen Schutz suchten, weil ihre Wohnungen den Bomben zum Opfer gefallen waren.

Da saßen sie dann mit ihrer geretteten Habe, vielleicht mit ihrem Hund, dem Vogelkäfig mit dem Wellensittich und der Erkenntnis, in einer Nacht alles verloren zu haben, aber immerhin mit dem Leben davongekommen zu sein. Doch in ihren Gesichtern spiegelten sich das Grauen und die Angst vor einer ungewissen Zukunft.

Seit dem Tag, an dem ich mein behütetes Zuhause bei Oma und Opa in Insterburg verlassen hatte, war nichts mehr so, wie es früher für mich gewesen war.

Die Menschen, die bereit waren, mich aufzunehmen, waren nicht wirklich bemüht, mich auch anzunehmen. Ich vermisste die Fürsorge und hatte bald herausgefunden, dass ich im Grunde genommen nicht viel mehr als eine leichte Einnahmequelle war, denn meine Mutter zahlte pünktlich und penibel für meinen Unterhalt.

Die Erkenntnis, die daraus resultierte, war zwar schmerzlich, aber auch ein Schritt zum Erwachsenwerden. Ich hatte gelernt: »Verlass' dich nie auf andere Menschen, verzweifle nicht gleich, irgendwie geht es weiter, und sei nicht vertrauensselig!«

Dass jede Veränderung auch ein interessanter neuer Anfang sein konnte, war eine durchaus positive Erfahrung, die mir auch im späteren Leben sehr helfen sollte, die Spreu vom Weizen zu unterscheiden.

Es war Herbst 1940. Das Schuljahr war zu Ende gegangen. Nun sollte der Ernst des Lebens beginnen, und ich musste mit dem erworbenen Schulwissen eine Berufsausbildung beginnen, um später auf eigenen Füßen stehen zu können.

Im Unterbewusstsein schwebte mir ein einziges Ziel vor, mit dem ich mein Leben lebenswert zu gestalten gedachte. Ich wollte endlich ein schönes Zuhause haben, aus dem mich niemand vertreiben konnte. Und so viel hatte ich begriffen: dass ich das nur alleine schaffen konnte. Ich nahm mir vor, dieses Ziel nicht aus den Augen zu verlieren. Es sollte ein weiter Weg werden.

Vorerst aber brauchte ich eine dauerhafte Bleibe. Mit meiner Mutter, die nach wie vor Saisonarbeiten annahm, um für mich aufzukommen, konnte ich in dieser Hinsicht nicht rechnen. Aber sie tat, was sie konnte, und dafür bin ich ihr noch heute dankbar.

Ich schrieb meiner Mutter viele Briefe an alle möglichen Arbeitsplätze, zum Beispiel nach Kamenz/Sachsen, nach Pulsnitz, nach Großenhain, nach Plauen im Vogtland oder Herlaßgrün. Aber obwohl meine Mutter um mein Problem wusste, konnte sie mir vorerst nicht helfen, denn es war weder einfach für sie, eine dauerhafte Arbeitsstelle in Berlin noch eine Wohnung in der inzwischen ziemlich zerbombten Stadt zu finden.

In dieser Situation wandte ich mich noch einmal an meine Gastfamilie in Golzow, und sie half mir.

Sie vermittelten mich an Freunde in Berlin-Lankwitz, an ein kinderloses Ehepaar. Der Mann ging in seinem Beruf als Buchhalter auf, war leicht zerstreut und kümmerte sich um nichts als seine Arbeit.

Sie lebten in einer sehr schönen Gegend. Die benachbarte Villa gehörte dem berühmten Boxweltmeister Max Schmeling und seiner Frau, der Filmschauspielerin Anny Ondra. Leider habe ich sie nie zu Gesicht bekommen.

Ich hatte plötzlich den Himmel auf Erden. War bisher ein eigenes Bett für mich schon ein Luxus gewesen, so verfügte ich jetzt über ein eigenes Zimmer. Wenn ich am Mittag nach Hause kam, wartete meine Gastmutter schon mit dem Essen auf mich, oder wir machten uns gemeinsam ans Kochen. Sie kümmerte sich rührend um mich und plante Ausflüge und andere Unternehmungen. Ich wurde rasch zur Ersatztochter und nach allen Regeln der Kunst verwöhnt. Es war mir schon lange nicht mehr so gut gegangen. Aber trotz allem fühlte ich mich mehr und mehr umklammert und eingeengt. In mir begann sich etwas zu wehren, denn ich wollte nur die Tochter meiner eigenen Mutter sein und bleiben.

Und dann kam, was ich schon lange befürchtet hatte: Eines Tages bat sie mich, ich sollte doch »Mutti«

zu ihr sagen. Das konnte und wollte ich nicht, und so einigten wir uns schließlich auf »Tante Martel«.

Inzwischen hatte meine Mutter eine Wohnung für uns gefunden.

Berlin hatte viele Gesichter. Lankwitz war ein gehobenes Wohnviertel, Kreuzberg dagegen, wo Mutti eine Bleibe für uns gefunden hatte, war eine Arbeitergegend mit teilweise tristen Mietskasernen. Der Unterschied hätte nicht krasser sein können.

Wir wohnten jetzt in der Lausitzer Straße.

Hier gab es einige kleine, typische Berliner Kneipen, in denen man nicht fragte, was einer war oder besaß. Man traf sich beim »Budiker« in der Stammkneipe, in der jeder jeden kannte – wie auf einem Dorf, und ich lernte die liebenswerten Ur-Berliner kennen, wenn meine Mutter mich ab und an mitnahm und mich stolz als ihre Tochter vorstellte. Ich war gerne am Sonnabendvormittag dort, wenn die Hausfrauen aus der nahe gelegenen Markthalle zurückkamen, um ihre Männer aus der Kneipe abzuholen. Einkaufskorb oder Tasche wurden abgestellt und erst noch »ne Molle« und »n Korn« getrunken, bis sie dann gemeinsam heimwärts wankten.

Seit die Lebensmittel rationiert wurden, hatte sich ein schwarzer Markt etabliert, auf dem man Tauschgeschäfte aller Art tätigen konnte. Das Geschäft blühte. Man durfte sich nur nicht bei den Razzien erwischen lassen, denn in den Augen des Staates war solch illegaler Handel ein Verbrechen. Aber in unserer Kneipe war man solidarisch und schützte einander.

Unsere Wohnung lag im Parterre. Eigentlich handelte es sich nur um einen einzigen langgestreckten Raum mit einem hohen Fenster. Neben der Eingangstür stand in der Ecke ein großer, brauner Kachelofen, der, wie wir befürchteten, sicher ein Brikettfresser war! Aber wir ließen uns nicht entmutigen und machten uns mit Feuereifer an die Einrichtung dieses bescheidenen Zuhauses.

Meine Mutter schaffte unermüdlich Stück für Stück heran. Irgendwo trieb sie einen schönen Kleiderschrank mit Innenspiegel auf, woanders eine Schlafcouch, einen Clubtisch mit Zeitungsablage, zwei Sessel, eine rotseidene Daunensteppdecke sowie einen weiß lackierten Küchenschrank, in dem man sogar auf einer Seite Eimer, Besen und Schrubber unterbringen konnte. Ich denke, sie hatte mit ihrem umwerfenden Charme die Möbelhändler dazu gebracht, ihr günstige Preise zu machen.

Was wir jetzt noch brauchten, kaufte sie in einem Haushaltswarengeschäft in unserer Straße. Als sie mit der Ausbeute nach Hause kam, reichte sie mir alles einfach durch das Fenster hinein, und ich räumte es gleich in den Küchenschrank. Nachdem Mutti ein wunderschönes Bunzlauer Kaffeegeschirr, ein paar Teller, Kochtöpfe, einen zweiflammigen Gaskocher und eine Deckenleuchte mit drei Schalen gekauft hatte, war unser Haushalt ziemlich komplett.

Nachdem wir alles hatten, was wir brauchten, sanken wir uns am Abend müde, aber glücklich in die Arme und schliefen zufrieden auf der Couch ein, die breit genug für zwei Personen war.

Am nächsten Morgen stellten wir fest, dass der Ausguss mit der Wasserzuleitung sich zwar zum

Abwasch, jedoch weniger zur Morgentoilette eignete, denn das gusseiserne Becken war ziemlich beschädigt. Also liefen wir nochmal zum Möbelhändler und fanden einen kleinen weißen Schuhschrank, unter dessen Klappdeckel sich eine Waschschüssel mit Seifenbehälter befand. Jetzt mussten wir nur noch einige Dinge wie Silberbesteck und Wäsche besorgen.

Ich war unendlich glücklich, dass ich endlich mit meiner Mutter zusammen sein konnte, wenn sie sich nicht gerade wegen einer Saisonarbeit außerhalb der Stadt aufhielt. Wir waren ein Herz und eine Seele, und sie steckte mich mit ihrer fröhlichen Unbekümmertheit an. Ich lernte wieder zu lachen, denn meine ständigen Wohnungswechsel hatten mich so sehr deprimiert, dass mir das Lachen vergangen war.

Trotz der ersten Zerstörungen um uns herum und der ständigen Furcht, es könnte auch unser Haus oder uns selbst treffen, brachten wir es immer wieder fertig, das Leben unbeschwert und in vollen Zügen zu genießen.

So besuchten wir einmal ein Tanzlokal mit Tischtelefonen. Wir konnten sowohl Ausschau halten nach einem Tanzpartner und dessen Tisch anrufen, als auch selbst angerufen werden. Es war köstlich! Über die Telefongespräche und die Tanzpartner haben wir noch auf dem Heimweg Tränen gelacht.

Leider ging die erste schöne Zeit des Zusammenseins viel zu schnell vorbei, und meine Mutter musste für eine Weile arbeitsbedingt von Berlin fort. Weil sie sich jedoch nicht dazu durchringen konnte, mich allein in unserer Wohnung zu lassen, musste ich noch einmal zurück nach Lankwitz zu Tante Martel.

Irgendwann wurde diesem Arrangement im wahrsten Sinne des Wortes von oben ein Ende bereitet, denn Lankwitz wurde völlig zerstört, und ich habe nie wieder von der Frau gehört, die so gerne meine Mutter gewesen wäre.

Die erste Stelle

Die Schule war abgeschlossen, und die Ausbildung zur Kinderkrankenschwester konnte ich erst in zwei Jahren beginnen, wenn ich achtzehn war. Was aber sollte ich bis dahin anfangen?

Ich bewarb mich um eine Anstellung als Stenotypistin in einer Firma für Ärztebedarf – einem Wehrwirtschaftsbetrieb, wie sich später herausstellte –, der sich gegenüber Berlins berühmtestem Krankenhaus, der Charité, befand. Mit der Stellenanzeige der Berliner Morgenpost und dem Abschlusszeugnis in der Tasche machte ich mich auf den Weg dorthin.

Durch eine große Glastür kam man in einen hellen Vorraum mit glänzenden Marmorfliesen, einem Fahrstuhl und einer teppichbelegten Treppe. Alles sah sehr elegant aus, und auf der Stelle war ich wild entschlossen, hier arbeiten zu wollen.

Nachdem ich der Sachbearbeiterin mein Zeugnis vorgelegt hatte, das sich einigermaßen sehen lassen konnte, sagte ich treuherzig und vertrauensvoll: »Ich würde sehr gerne hier arbeiten, denn der erste Eindruck ist immer der beste«, und schaute sie dabei hoffnungsvoll an. Sie konnte sich das Lachen kaum verkneifen, aber meine Naivität hatte sie wohl für mich eingenommen. Ich bekam den Posten mit einem sagenhaften Gehalt von einhundertdreißig Reichsmark.

Am 1. Oktober 1940 trat ich mit sechzehn Jahren stolz und glücklich meinen ersten Arbeitsplatz als Stenotypistin an und blieb dort beinahe drei Jahre.

In dieser Zeit wechselten Ton und Gepflogenheiten des Hauses. Alles wurde zackiger, militärischer, nationalsozialistischer. Vor allem seit wir einen neuen Personalchef hatten. Er war etwa vierzig Jahre alt und zweifellos Parteimitglied sowie überzeugter Nationalsozialist. Da sein Büro nur zwei Türen entfernt von unserem Schreibzimmer lag, ließ es sich nicht vermeiden, dass ich ihm oftmals über den Weg lief.

Als ich ihn eines Morgens höflich mit »Guten Morgen« grüßte, fragte er missbilligend: »Kennen Sie den Deutschen Gruß nicht? Gehen Sie noch einmal zurück, ich erwarte den Deutschen Gruß!«

Ich drehte mich um, trat ein paar Schritte zurück und ging dann mit erhobenem Arm an ihm vorbei und sagte laut und deutlich: »Heil Hitler«. Natürlich mussten wir auch die Post im Stil der neuen Zeit unterzeichnen. »Mit deutschem Gruß« stand unter allen Briefen. Auch wenn es mir gegen den Strich ging, musste ich mich fügen und selbst die Maßregelungen und politischen Erziehungsversuche stillschweigend ertragen, wollte ich meine Stelle nicht verlieren.

Doch unser Personalchef spürte wohl meine Abneigung und versuchte, kleinliche Rache zu nehmen, als ich meine Kündigung einreichte, um mit der Schwesternausbildung zu beginnen. Da lehnte er meinen Wunsch mit der Begründung ab, ich würde in einem Wehrwirtschaftsbetrieb arbeiten, in dem man nicht so ohne weiteres kündigen konnte.

Von kriegswichtiger Arbeit sprach man in solchen Fällen. Ich wandte mich ans Arbeitsamt, und das half mir, aus meinem Arbeitsverhältnis herauszukommen.

Während der Zeit in dieser Firma machte ich beim betriebseigenen Luftschutzdienst mit, der die Aufgabe hatte, die Menschen darüber zu informieren, was sie bei Bombenangriffen zu tun hatten, und zu kontrollieren, ob immer Sandtüten, Wassereimer und Feuerdecken bereitlagen.

Ferner war darauf zu achten, dass die Angestellten wirklich die Schutzräume aufsuchten. Nach dem Angriff wurde nach Blindgängern gesucht, die sonst noch nachträglich Unheil anrichten konnten. Besonders mussten wir das große Flachdach nach solchen Gefahrenquellen absuchen. Man hatte uns beigebracht, wie wir damit umgehen mussten. Wir packten sie blitzschnell an einem Ende und schleuderten sie hinunter in den Hof.

Zum Luftschutzdienst wurde niemand gezwungen, aber da mir diese Aufgaben sinnvoll und notwendig erschienen, meldete ich mich freiwillig. Interessant waren angesichts der Lebensmittelrationierungen natürlich auch die gelegentlichen Sonderzuteilungen wie zum Beispiel Bohnenkaffee, Zigaretten, einige Gramm Fleisch, Fett oder verschiedene Konserven. Meist wurden sie nach besonders schweren Luftangriffen ausgegeben.

Doch etwa bis Ende 1941 pulsierte das Leben in der Stadt trotz Krieg und nächtlichen Bombenangriffen nahezu unverändert weiter – man hatte sich mit den Gegebenheiten arrangiert, wenngleich man auf dem Heimweg in der Dunkelheit manch bangen Blick zum Himmel schickte. Und auch die Zuversicht auf ein baldiges siegreiches Kriegsende war noch ungebrochen.

Nach Feierabend ging man ins Theater, ins Kino oder ins Varieté, die alle weiterhin geöffnet waren. Man stand an, um Premierenkarten zu ergattern für Filme mit den großen Stars jener Zeit, wie Zarah Leander oder Heinz Rühmann mit seinen unvergesslichen Filmen. Der gewiefte Propagandaminister wusste sehr gut, sich des Mediums Film zu bedienen und die Bevölkerung mit unverfänglich heiteren oder melodramatischen Produktionen bei Laune und damit bei der Stange zu halten.

Als Zarah Leander 1942 in ihrem letzten Film, der noch gedreht wurde, sang: »Ich weiß, es wird einmal ein Wunder gescheh'n«, da waren die Zuschauer zu Tränen gerührt und bezogen dies nicht nur auf das erhoffte Wiedersehen mit dem Mann an der Front, sondern auch auf ein Ende der Bombenangriffe und auf eine Wende des Krieges. Genau das hatte Goebbels, der für die deutschen Filmproduktionen zuständig war, bezweckt – die Hoffnung und den Durchhaltewillen zu stärken.

Der Anfang vom Ende

Den Angriff auf Polen, die Besetzung Dänemarks und Norwegens, später die der Niederlande, Belgiens und Frankreichs – das alles waren »Blitzkriege« gewesen und hatten zu maßloser Überschätzung der militärischen Möglichkeiten geführt. Allen voran Hitler glaubte, dass es immer so weitergehen würde mit den großdeutschen Expansionen. Im Dezember 1940 beschloss er endgültig den Überfall auf die Sowjetunion, die – davon war er überzeugt – »in einem schnellen Feldzug niederzuwerfen« wäre.

Am 22. Juni 1941 war es dann so weit – mit mehr als drei Millionen Wehrmachtsangehörigen überfiel Hitler trotz eines bestehenden Nichtangriffspakts das Imperium des Diktators Stalin.

Es war ein früher Sonntagmorgen, als ich in unserer Wohnung im Radio diese Nachricht hörte. Ein beklemmendes Gefühl, eine undefinierbare Angst und Ahnung überfiel mich. Ich war gerade siebzehn Jahre alt und hatte mir bis dahin über die Ausmaße des Krieges noch keine allzu großen Sorgen gemacht. Es gab laufend Sondermeldungen über den Siegeszug der tapferen deutschen Soldaten an allen Fronten zu Lande, zu Wasser und in der Luft! Die Propagandamaschine des großsprecherischen Ministers Goebbels ließ die meisten Menschen noch unbeirrt an die Unbesiegbarkeit der deutschen Wehrmacht glauben.

Es kam geradezu Euphorie auf, wenn das Radioprogramm unterbrochen wurde und eine Sondermeldung die andere jagte. Ständig wurde an dumpfe Instinkte, falsche Gefühle und pervertierten Nationalstolz appelliert.

»Denn wir fahren, denn wir fahren gegen Engeland ...«, erklangen die Siegesfanfaren, wenn wieder ein englisches Schiff auf den Meeresboden geschickt worden war oder unsere erfolgreichen Jagdflieger in den Luftkämpfen eine Anzahl feindlicher Flugzeuge vom Himmel geholt hatten.

Auch der Angriff auf die Sowjetunion war propagandistisch seit langem vorbereitet, denn immer wieder wurde den Leuten eingehämmert, die Deutschen wären ein »Volk ohne Raum«, ihre Bestimmung läge im Osten, wo es große Siedlungsräume zu erschließen galt. Die Bezeichnung »slawische Untermenschen« gehörte beinahe schon zum normalen Wortschatz.

Angesichts der allgemeinen Euphorie half es nichts, wenn sich ein junges Mädchen in Berlin angstvoll fragte, was wir denn um Himmels willen in Russland wollten.

Doch eine kleine Atempause war uns noch vergönnt. Zunächst schien auch in Russland alles nach Plan zu laufen, bis mit Beginn des Winters die Offensive vor Moskau im Schlamm stecken blieb und der Oberbefehlshaber der Heeresgruppe im Dezember meldete, die Kräfte der Truppen wären nahezu erschöpft.

Hitlers Konzentration auf die Ostfront führte dazu, dass die deutsche Luftabwehr zunehmend hilfloser britische und später auch amerikanische Bomberverbände auf Reichsgebiet eindringen lassen musste. Inzwischen hätte Göring längst »Meier« heißen müssen. Wenn auch die Spuren der Zerstörung im Stadtbild immer deutlicher sichtbar wurden, sollte bis zum Beginn der verheerenden Flächenbombardements noch ein weiteres Jahr vergehen.

Dass die Wende des Krieges zu Ungunsten der Deutschen längst gekommen war, wurde vielen Deutschen klar, als im Kessel von Stalingrad eine ganze Armee unter unmenschlichen Bedingungen durch Hitlers unsinnigen Durchhaltebefehl aufgerieben wurde.

Am 31. Januar 1943 kapitulierte Generalfeldmarschall Paulus gegen Hitlers Befehl, und die Reste seiner geschlagenen Sechsten Armee traten den Weg in die russische Kriegsgefangenschaft an. Ein Drittel seiner Soldaten war entweder im Kampf gefallen oder im eisigen russischen Winter verhungert und erfroren. Nur ein kleiner Teil der Überlebenden würde in die Heimat zurückkehren.

Während die siegesgewissen Sondermeldungen spärlicher wurden, mehrten sich in den Zeitungen die Todesanzeigen: »Gefallen für Großdeutschland« oder »Gefallen für Führer, Volk und Vaterland«.

Die Heimatfront

Auch das Leben zu Hause wurde härter. Die relative Normalität der ersten Kriegsjahre war endgültig dahin. Wir wünschten uns nichts sehnlicher, als dass der Krieg bald zu Ende sein würde.

Im Januar 1943 hatten Briten und Amerikaner auf der Konferenz von Casablanca den totalen Luftkrieg gegen Deutschland beschlossen. Tagsüber sollten die Amerikaner Präzisionsangriffe fliegen, nachts verstärkten die Verbände der Royal Air Force ihre Flächenbombardements. Das Inferno hatte begonnen.

Man versprach sich davon eine moralische Wirkung auf die Zivilbevölkerung, die man zum Widerstand gegen das Hitler-Regime bewegen wollte.

Doch das Gegenteil geschah: Das massenhafte Sterben in den Bombennächten und die Zerstörung der Städte ließen die Deutschen noch einmal an die Seite des Führers treten.

Es war eine fatale Fehleinschätzung der Alliierten.

Vor allem die Solidarität der Berliner war ungebrochen, und in dieser Hinsicht bedurfte es auch keiner öffentlichen Aufrufe. Man half sich gegenseitig, so gut man konnte und wann immer Not am Mann war.

So hatte ich die Berliner kennengelernt – Herz mit Schnauze, aber immer am rechten Fleck.

Selbst nach den schlimmsten Bombennächten musste das Leben weitergehen, wobei der Verlust von Wohnungen das größte Problem darstellte. In dieser Situation rückten viele nach dem Motto »Geteiltes Leid ist halbes Leid« zusammen. Und überall in den ausgebrannten Ruinen hatten die Ausgebombten ihre neuen Adressen mit Kreide auf die Hauswände geschrieben.

Neben den Belastungen durch die Luftangriffe machten auch die kriegsbedingten Einschränkungen den Alltag zunehmend schwieriger. Es gab immer mehr Versorgungsengpässe, und die Warteschlangen in oder vor den Läden wurden länger. Oft kam es vor, dass eine Sonderzuteilung, wegen der man hoffnungsvoll angestanden hatte, ausverkauft war, bevor man an die Reihe kam.

Nun halfen mir zwar die Erfahrungen meiner Kindheit, mit den Entbehrungen, die der Krieg uns aufzwang, besser fertig zu werden, als wenn ich an ein Leben im Überfluss gewöhnt gewesen wäre, aber an manchen Tagen war ich doch an die Grenzen meiner Belastbarkeit gekommen.

Man musste ja nicht nur für Lebensmittel anstehen. Wenn man einen neuen Mantel, Schuhe oder Unterwäsche brauchte, war das zuerst beim Bezirksamt zu beantragen, denn Kleidung gab es nur noch mit Bezugschein.

Ans Bezirksamt musste man sich ebenfalls wenden, wenn man mit der Bahn irgendwohin fahren wollte. Die Ausgabe von Fahrkarten war nämlich inzwischen ebenfalls eingeschränkt worden, weil der Kriegseinsatz der Züge oberste Priorität hatte. Wenn ich meine Mutter besuchen wollte, holte ich mir schon tagelang vorher auf dem Bezirksamt die nötige Genehmigung, die dann am Fahrkartenschalter vorzuweisen war. Es war auch nicht ratsam, die Fahrkarte auf den letzten Drücker zu kaufen, denn oftmals machte man die bittere Erfahrung, dass für diesen Tag das Kontingent ausverkauft war.

Noch einmal in Insterburg

Im Herbst 1943 entschloss ich mich, endlich meinen Wunsch zu verwirklichen und eine Ausbildung zur Säuglingsschwester zu beginnen. Ich kündigte meine bisherige Stelle und bewarb mich beim Kaiser-Friedrich-Kinderkrankenhaus im Stadtteil Reinickendorf.

Bis ich in der Schwesternschule antreten musste, blieben noch ein paar freie Tage, die ich dazu nutzen wollte, gemeinsam mit meiner Mutter nach Hause zu fahren, nach Insterburg zu Oma, Opa und Detti.

Oma hatte uns immer wieder geschrieben und gebeten zu kommen. Auch stammte von ihr der Vorschlag, alles, was uns lieb und wert war, aus dem unsicheren Berlin zu Tante Anna nach Nibudzen zu bringen.

Mein Gott, waren wir zu diesem Zeitpunkt noch gutgläubig und völlig ahnungslos, welches Chaos nur ein Jahr später gerade über Ostpreußen hereinbrechen sollte.

Wir freuten uns auf unsere gemeinsame Reise, hatten wir doch wegen Mutters Saisonarbeit selten genug Gelegenheit, uns zu sehen. Jetzt hatte ihr eine verständnisvolle Chefin für ein paar Tage freigegeben.

Sie hatte zu diesem Zeitpunkt eine Anstellung irgendwo in Sachsen. Während ihrer Abwesenheit von Berlin blieb ich übrigens inzwischen allein in unserer Wohnung.

Wir nahmen den Nachtzug, um einen zusätzlichen Tag zu gewinnen. Oma, Opa und Detti standen schon auf dem Bahnsteig, als unser Zug einlief. Es war ein bewegendes Wiedersehen, aber etwas war anders!

Und dann sah ich plötzlich das kleine Mädchen, das sich verängstigt an Omas Schürze klammerte. Die Kleine wäre erst seit ein paar Tagen bei ihnen und deshalb noch so schüchtern. Großmutter erzählte uns, die Behörden hatten die Zweijährige der Mutter wegnehmen müssen, weil dort unerträgliche Zustände geherrscht hatten. Nur fand man so kurzfristig keinen Pflegeplatz. Aber Oma mit ihrem großen Herzen nahm sie auf – vorübergehend, wie es hieß. Daraus sollten acht Jahre werden. Detti – inzwischen knapp fünf Jahre alt – freute sich über die kleine Schwester.

Es existiert noch ein Foto von mir mit den beiden Kindern, das meine Mutter damals gemacht hatte und das ich später in Dettis Nachlass fand.

Monika Wichmann, so war der Name des Mädchens, entwickelte schnell eine rührende Anhänglichkeit an meine Großmutter und wich ihr nicht von der Seite. Als die Fürsorgerin kam, um sie abzuholen, weil inzwischen ein Heimplatz gefunden war, schlug Monika um sich und klammerte sich an Oma. Die beiden weinten um die Wette, und auch Detti stimmte in das Geheule ein. Niemand im Haus wollte Monika wieder hergeben. Die Fürsorgerin hatte ein Herz und regelte die Angelegenheit unbürokratisch – der Heimplatz wurde an ein anderes Kind vergeben.

Vielleicht war sie auch beeindruckt von der Herzensgüte meiner Großmutter, von ihrer fürsorglichen Liebe für die ihr anvertrauten Kinder. Sie hat immer nur gegeben und nichts für sich gefordert. Andere übernahmen Pflegestellen des Geldes wegen, aber das war bei Oma Nebensache.

Sie war eine einfache Frau, sie besaß keinen Schmuck, kaum etwas Rechtes zum Anziehen und besuchte nie eine kulturelle Veranstaltung – sie ging ganz in ihrer Familie auf und lebte nur für die ihr anvertrauten Menschen. Ihr Gottvertrauen war grenzenlos und übertrug sich vor allem in Notzeiten auf uns.

Wir waren drei Zufallskinder, die ihren Vater nicht kannten und denen Oma ein wirkliches Zuhause gab, das unseren Charakter formte. Sie sorgte dafür, dass wir eine glückliche Kindheit verlebten, und gab uns die Gewissheit, trotz des bescheidenen Lebens in unserer Familie reich zu sein.

Wenn jemand den Himmel verdient hat, dann unsere Oma.

Wie schon in Berlin geplant, fuhren wir auf dem Rückweg noch nach Nibudzen zu Tante Anna, um dort Mutters Silberbesteck und einen Teil ihrer Wäsche in Sicherheit zu bringen. 1943 dachten wir nicht im Traum daran, dass Ostpreußen bald der denkbar unsicherste Platz im ganzen Reich sein würde.

An der guten alten Kleinbahn waren die Jahre spurlos vorbeigegangen. Als ich einstieg, überkam mich das Gefühl, dass die Zeit stehengeblieben war. Glücklich und wehmütig genoss ich die Erinnerung an eine Zeit, die nicht mehr zurückkehren würde, als ich ein glückliches, unbefangenes Kind in Insterburg war und Menschen hatte, die alles für mich regelten. Wie damals wartete auch das Fuhrwerk vom Gutshof an dem Wellblechbahnhof, der noch immer so schäbig aussah wie früher in meiner Kindheit.

An vieles dachte ich auf dieser Fahrt, aber nicht mehr daran, wie schnell der Winter mit Frost und Schnee in Ostpreußen hereinbrechen konnte und die Kleinbahn lahm legte. Auch später am Abend, als wir mit Tante Anna und Onkel Karl gemütlich am warmen Kachelofen saßen, kam keinem von uns dieser Gedanke.

Es gab ein böses Erwachen am nächsten Morgen, denn über Nacht war es Winter geworden mit sibirischer Kälte und starkem Schneefall. Eine dicke weiße Decke lag über dem Land und über den Schienen der Kleinbahn.

Aber es war völlig unmöglich, auf eine Wetterbesserung zu warten, denn Mutti musste wieder zur Arbeit und ich zur Schwesternschule. Was tun?

Ein Todesfall wurde für uns zum Glücksfall. Im Dorf war ein alter Mann gestorben, den man, da eine Erdbestattung in dem tiefgefrorenen Boden vorerst nicht möglich war, nach Insterburg ins Krematorium bringen musste. Mit dem Schlitten und zwei kräftigen Pferden schaffte man auch bei tiefem Schnee den Weg über Land. Der Sarg wurde aufgeladen, und wir – wir nahmen obendrauf Platz. Eine andere Möglichkeit blieb uns nicht.

Nach kurzer Zeit hingen Eiszapfen am Bart des Kutschers, und uns begann der Mund einzufrieren. Unsere Gesichter waren nur noch starre Masken, in denen sich kein Muskel mehr rührte. Trotz der Decken, die Tante Anna uns mitgegeben hatte, kroch die Kälte erbarmungslos in unsere Körper.

Als wir am Stadtrand von Insterburg angekommen waren, setzte uns der Kutscher beim Gastwirt Kremp ab. Mühsam kletterten wir von unserem »Hochsitz« und gingen steifbeinig in die Gaststube.

Dort stellte uns der Wirt, ohne zu fragen, zwei große Gläser süßen, heißen Grog vor die Nase. Langsam tauten Gesicht und Hände auf, und wir konnten uns allmählich wieder locker bewegen. Dann nahmen wir ein Taxi zum Hauptbahnhof, was in meiner Kindheit der Inbegriff von Luxus und deshalb stets ein heißer Wunsch gewesen war. Es war die letzte Taxifahrt in Insterburg, es war mein letzter Besuch in der Heimat. Der D-Zug nach Berlin hatte zwar Verspätung, aber er war wenigstens geheizt, und das entschädigte uns für die Warterei.

Der Traumberuf

Trotz Verspätung kamen wir rechtzeitig nach Berlin zurück. Am nächsten Tag, dem 1. Oktober 1943, begann meine Zeit als Schwesternschülerin. Während der Ausbildung würde ich ein Taschengeld von fünfundzwanzig Reichsmark erhalten, dazu volle Verpflegung.

Vor allem darüber war ich sehr froh, denn gerade in der letzten Zeit, seit die Lebensmittel immer knapper und die Schlangen immer länger wurden, hatte ich es als mühsam und lästig empfunden, nach der Arbeit noch für mein Essen sorgen zu müssen.

Als Erstes wurde ich mit den anderen neuen Schülerinnen eingekleidet. Die Schulschwester überreichte uns ein taubenblaues Leinenkleid, das für meine Begriffe viel zu lang war, je drei weiße Schürzen und weiße, gestärkte Hauben. Außerdem bekamen wir, bevor wir unserer Station zugeteilt wurden, noch ein weißes »Engelshemd«, das hinten offen war, und eine Stoffmaske, die wir zum Füttern der Babys vor Mund und Nase binden mussten.

Ich bekam gleich zwei Probleme. Das erste war meine Rocklänge, denn ich hatte das Kleid bis zum Knie gekürzt, und das zweite stellten meine dicken Locken dar, die unter der Haube hervorquollen. »Schwester Lore«, sagte die Schulschwester in rügendem Tonfall, »den Rocksaum lassen Sie wieder herunter, und die Haare müssen unter der Haube mit einem Netz zusammengehalten werden!«

Ich schluckte zweimal, tat aber, wie mir befohlen wurde. Schließlich waren Rocklängen und Frisuren nicht wichtig. Außerdem war Schwester Lotte ansonsten eine nette, umgängliche Person, mit der man, wie es schien, gut auskommen konnte. Schon sehr früh wollte ich diesen Beruf ergreifen, und jetzt war ich endlich am Ziel – nur das zählte.

Tante Grete hatte diesen Wunsch in mir geweckt, als ich sechs Jahre alt war. Sie selbst war Kinderschwester und hatte mir damals, während eines Besuchs in Insterburg, ihre ehemalige Ausbildungsstätte, die Landesfrauenklinik, gezeigt. Wir standen an einem großen Glasfenster, das den Blick freigab in einen Saal mit etwa zehn Bettchen. Die Schwestern in ihren weißen Kitteln waren gerade dabei, den Säuglingen die Fläschchen zu geben. Dieses Bild hatte sich seit 1930 unauslöschlich in mir festgesetzt.

Das wollte ich auch machen, sobald ich erwachsen war.

Neben der normalen Arbeit auf der Station – ich war vorerst für die kranken Säuglinge eingeteilt, die hauptsächlich an Ernährungsstörungen litten – und dem theoretischen Unterricht, für den wir viel zu lernen hatten, mussten ich und meine Kolleginnen außerhalb des Krankenhauses Muttermilch bei Wöchnerinnen abholen, die mehr produzierten, als ihr eigenes Kind trinken konnte. Einmal kam ich zu einer Frau, die mit ihrer überschüssigen Milch sogar noch zwei Katzen satt bekam. Wir konnten diese besonderen Spenden gut gebrauchen, vor allem für unsere Frühchen im Brutkasten, die ohnehin mit der Flasche ernährt wurden.

Dann waren da noch die vielen Aufgaben, die durch den Krieg bedingt waren. Vor allem hieß es, sobald über Drahtfunk – tack-tack-tack – Voralarm für die Krankenhäuser gegeben wurde, die Säuglinge schnell aus ihren Bettchen zu holen und in den Keller zu bringen. Dort legten wir sie einfach nebeneinander auf lange Bretter, wo sie aussahen wie Brotlaibe beim Bäcker.

Inzwischen konnten die Alliierten auch tagsüber Angriffe fliegen, denn eine deutsche Luftabwehr gab es kaum noch. Einmal erlebten wir, wie ein großes vierstöckiges Mietshaus auf der gegenüberliegenden Straßenseite getroffen wurde, und sahen die oberen Stockwerke lichterloh brennen. Wir Schwesternschülerinnen liefen beherzt hinüber und halfen den verzweifelten Bewohnern, die wichtigsten Dinge aus dem brennenden Gebäude zu retten. Die Feuerwehr war nicht durchgekommen und hatte außerdem überall mehr als genug zu tun.

Als wir zum Schwesternhaus zurückgingen, fanden wir am Tor einen kläglich weinenden Säugling, der in eine Decke gewickelt war. Wir nahmen das Baby mit auf die Station und nahmen das Bündel genauer in Augenschein. An der Decke war ein Zettel befestigt, auf dem stand: »Ich heiße Waltraud«, dazu das Geburtsdatum – mehr nicht. Die Mutter meldete sich nie, und das Baby kam nach einiger Zeit in die Obhut des Fürsorgeamtes. Bis dahin haben wir Schülerinnen uns um die Kleine gekümmert.

Meine Mutter nahm großen Anteil an meinem neuen Beruf, zumal sie gerade eine Stelle in Berlin hatte. Einmal besuchte sie mich und durfte sogar, nachdem sie einen Besuchskittel angezogen hatte, das Säuglingszimmer betreten. Wir gingen von Bettchen zu Bettchen, und ich erzählte ihr von meinem Aufgabenbereich. Mir fiel auf, dass sie sehr schweigsam war. Ich denke, dass ihr schmerzlich bewusst wurde, wie wenig sie meine Babyzeit miterleben konnte.

Ende des Jahres erhielt ich eine Aufforderung, mich bei der Gestapo, der gefürchteten Geheimen Staatspolizei, die das ganze Land mit Terror und einem Netz von Spitzeln überzog, zu melden. Ihre Dienststelle befand sich in der Prinz-Albrecht-Straße, nicht weit vom Potsdamer Platz entfernt. Die Gegend war mir vertraut, hier war ich oft mit meiner Freundin Inge während unserer Zeit auf der Handelsschule gewesen, doch jetzt sah alles so traurig aus mit den verkohlten Ruinen, die sich düster in den Himmel streckten.

Mit Herzklopfen betrat ich das berüchtigte Gestapo-Gebäude. In einem düsteren Büro empfing mich ein Mann in Uniform, der mich nicht unfreundlich, sondern eher wohlwollend betrachtete.

Doch was er mir eröffnete, ließ mich aus allen Wolken fallen. Seine Mitteilung traf mich wie ein Hammer: »Ihre Mutter ist angezeigt worden, mit einem Juden liiert zu sein!«, sagte er. »Wir wollen von Ihnen wissen, ob das stimmt!«

Natürlich stimmte es. Die Familie dieses Freundes gehörte zu den wenigen Juden, die nach den großen

Deportationen des vergangenen Jahres noch in Berlin lebten.

Aber was wusste der Beamte genau? In mir klingelten sämtliche Alarmglocken, und ich überlegte verzweifelt, was ich sagen sollte.

Was man meiner Mutter vorwarf, hieß im damaligen Sprachgebrauch »Rassenschande« und war für den jüdischen Partner ein Verbrechen. Das hatte man uns schon im staatspolitischen Unterricht beigebracht, als wir die antijüdischen Nürnberger Gesetze durchnahmen, die eigentlich korrekt »Gesetz zum Schutz des deutschen Blutes und der deutschen Ehre« hießen.

Ich fühlte mich so hilflos und konnte nur denken: »Lieber Gott, gib mir die richtige Antwort!«

»Ich weiß es nicht«, behauptete ich. »Aus meiner Anschrift können Sie erkennen, dass ich nicht bei meiner Mutter lebe, sondern in einem Kinderkrankenhaus als Schwesternschülerin arbeite und auch dort wohne. Meine Mutter ist außerdem nur sporadisch in Berlin und arbeitet vorwiegend in einem sächsischen Gastronomiebetrieb. Wir sehen uns sehr selten. Und deshalb kann ich Ihre Frage beim besten Willen nicht beantworten. Ich weiß einfach nicht, ob es stimmt.« Und trotzig fügte ich hinzu: »Und wenn ich es wüsste, würde ich es Ihnen nicht sagen!«

Ich glaube kaum, dass mein letzter Satz ihn menschlich berührte, denn das war nicht gerade ein Charakteristikum der Gestapo, aber jedenfalls ließ er mich vorerst gehen.

»Halten Sie sich zu unserer weiteren Verfügung!«, sagte er nur.

Draußen wurde mir erst bewusst, in welcher Gefahr meine Mutter und ihr Freund schwebten. Ich musste sie unbedingt warnen. Aber wie? Vielleicht ließ er mich weiter beobachten?

Aber das Schicksal nahm einen Verlauf, der eine weitere polizeiliche Untersuchung überflüssig machte. Es war grausam: Die Mutter des Mannes und zwei Brüder wurden im Morgengrauen zur Deportation abgeholt, den Freund meiner Mutter fand man an einer Laterne aufgehängt, mit einem Schild »Jude« um den Hals.

Fast ein halbes Jahr noch hielt ich die physische und psychische Belastung durch. Der akute Schlafmangel, die knapp bemessenen Essensrationen und der ständige Tages- und Nachtalarm zehrten an meinen Kräften. Eines Morgens brach ich nach der Nachtwache vor meinem Bett zusammen. Ich hatte gar keine Zeit gehabt, zu bemerken, dass es mir nicht gut ging. Der leitende Arzt des Krankenhauses stellte eine schwere Herzmuskelentzündung fest und ordnete eine Schonzeit von drei Monaten an.

Er riet mir dringend, nach Möglichkeit die Stadt während dieser Zeit zu verlassen und irgendwo hinzugehen, wo ich mehr Ruhe hätte. Er versprach mir, anschließend meine Ausbildung ohne Zeitverlust fortsetzen zu können. Die Entscheidung, meinen Arbeitsplatz zu verlassen, fiel mir sehr schwer, und es kam mir beinahe vor wie Fahnenflucht, auch meinen Mitschwestern gegenüber. Hatten wir doch viele Bombennächte miteinander durchgestanden.

Trotzdem befolgte ich, der Vernunft gehorchend,

den Rat des Professors und nahm ein Angebot meiner Tante Grete an, die seit einiger Zeit in der Nähe von Wien lebte, meine Krankheit bei ihr in einem kleinen, ruhigen Ort auszukurieren.

Meine Mutter begleitete mich zum Bahnhof. Sie war zu diesem Zweck eigens aus Kamenz, ihrer Arbeitsstelle in Sachsen, gekommen, um mich noch einmal zu sehen. Es fiel uns schwer, uns in diesen unsicheren Zeiten voneinander zu trennen.

Auf dem Bahnhof herrschte das totale Chaos.

Gemäß der Parole »Räder müssen rollen für den Sieg!«, wurden nur noch sehr wenige Züge für Zivilreisende eingesetzt, und wir sahen sofort, dass dieser Zug hoffnungslos überfüllt war. Zu den Türen hätte sich keine Maus mehr hineinquetschen können, aber hilfsbereite Fahrgäste zogen mich lachend durchs Fenster in ein Abteil. Ich hatte es also geschafft, jedoch nicht mein Koffer. Der stand noch auf dem Bahnsteig neben meiner Mutter, als sich der Zug langsam in Bewegung setzte.

Geistesgegenwärtig rief sie mir zu: »Ich fahre mit der U-Bahn zum Bahnhof Friedrichstraße, bleib am Fenster!« Da die Untergrundbahnen häufiger verkehrten und schneller waren, würde sie vor mir dort sein, zumal mein Zug noch an anderen Bahnhöfen hielt und die Fernzüge im Stadtbereich sehr langsam fuhren. Genau in dem Augenblick, als wir in den Bahnhof Friedrichstraße rollten, sah ich sie mit dem schweren Koffer die Treppe hochhetzen. Gerade noch rechtzeitig konnte ich mit anderen Passagieren zusammen den Koffer durch ein Fenster ziehen.

Wir winkten einander ein letztes Mal zu und sollten uns lange nicht mehr wiedersehen. Sie würde bei Kriegsende in Berlin, ich in Österreich sein.

Als der Zug die Bahnhofshalle verließ, betrachtete ich wehmütig das Bild der Zerstörung, das sich mir bot. Am Potsdamer Platz erkannte ich die ausgebrannte Fassade vom »Haus Vaterland« und in der Friedrichstraße die des »Wintergartens«, Berlins berühmtem Varieté. Auch die großen Filmpaläste waren längst zerbombt.

Meine lebendige, liebenswerte Stadt begann, sich in ein Ruinenfeld zu verwandeln.

3.

Schicksal und Wille
leben stets in Fehden,
sodass der Wille
sich am Schicksal bricht.
Nur der Gedanke ist dein –
Der Ausgang nicht.
Shakespeare

Zuflucht in Österreich

Tante Grete holte mich nach einer langen Zugfahrt durch das zerstörte Deutschland vom Westbahnhof in Wien ab. Wir hatten uns lange nicht gesehen. Meine Tante, die ausgebildete Kinderschwester war, hatte vor einigen Jahren bei einem österreichischen Ehepaar, das sich für eine Weile in Berlin aufgehalten hatte, eine Stelle als Betreuerin für die beiden kleinen Söhne Thomas und Peter angenommen. Als die Familie nach Wien zurückkehrte, ging sie mit – zum einen, weil sie damals in Berlin keine Anstellung in einem Krankenhaus gefunden hatte, zum anderen, weil sie die beiden kleinen Jungen inzwischen sehr lieb gewonnen hatte.

Mit der Familie Jackl hatte es eine besondere

Bewandtnis. Der Mann, ein wohlhabender Textilfabrikant, konnte eine lupenreine arische Abstammung vorweisen, seine Frau jedoch war Jüdin. Er hatte sie vor dem Anschluss Österreichs geheiratet. Später waren hier Mischehen ebenso wie in Deutschland verboten. Seine Söhne galten als Halbjuden. Die rechtliche Stellung solcher Familien, wenn man im Dritten Reich überhaupt von Recht sprechen konnte, war unklar. Zwar waren die Kinder ebenso wie die jüdischen Mütter oder Väter weitgehend geschützt, solange die Ehe bestand, aber vor allem gegen Ende des Krieges wurde durch Repressalien versucht, den arischen Ehepartner zur Scheidung zu bewegen, um gegen Auslieferung der jüdischen Frau oder des jüdischen Mannes die Sicherheit der Kinder zu erkaufen. Viele »gemischtrassige« Ehepaare begingen in solch auswegloser Situation Selbstmord. Eines der bekanntesten Beispiele ist der Dichter Jochen Klepper, der mit seiner jüdischen Frau und der Stieftochter vor deren Deportation den Freitod wählte.

Da die Situation generell ungeklärt war und juristisch nie eindeutig formuliert wurde, war der individuellen Willkür örtlicher Gestapostellen Tür und Tor geöffnet, und die betroffenen Familien lebten in der ständigen Angst, aus ihrer zerbrechlichen Sicherheit herausgerissen zu werden. Auch die arme Frau Jackl traute sich kaum mehr aus ihrer eleganten Wiener Stadtwohnung heraus, hatte sie doch bereits von der Deportation ihrer Eltern erfahren müssen, die zwar zunächst aus Berlin nach Holland hatten fliehen können, nach der Besetzung des Landes jedoch interniert wurden. Sie kamen, wie sich nach dem

Krieg herausstellte, in einem der Vernichtungslager im Osten ums Leben.

Um seine Familie vor diesem Schicksal zu bewahren, hatte Tante Gretes Arbeitgeber einen stattlichen Gutshof in Altenmarkt im Tristingtal erworben, der von einem tüchtigen Verwalterehepaar bewirtschaftet wurde. Herr Jackl setzte all seine Hoffnung in die Annahme, dass in einer Zeit schlimmen Mangels Essenszuwendungen mehr zählen würden als ideologische Überzeugungen, und so ließ er wichtigen Personen in der Wiener NS-Hierarchie immer wieder begehrte, auf seinem Gut produzierte Lebensmittel zukommen. Außerdem gab er sich systemkonform und stellte sein großes Anwesen für ausgebombte Familien aus dem Ruhrgebiet zur Verfügung.

Auf dieses Gut nun brachte mich meine Tante, die dort ebenfalls mit ihren Schützlingen lebte, während deren Eltern sich meistens in Wien aufhielten.

Trotz der Bedrohung, die gerade über dieser Familie schwebte, konnte man in der ländlichen Idylle den Krieg fast vergessen. Es war wie ein Traum, und gemeinsam unternahmen wir Ausflüge in die reizvolle Umgebung.

Zu Beginn meines unfreiwilligen Urlaubs in Altenmarkt war ich noch mehrmals schweißgebadet aufgewacht und hatte laut »Feuer« geschrien, bis ich – voller Panik aufrecht im Bett sitzend – langsam merkte, dass um mich herum völlige Stille herrschte, und ich begriff, dass hier keine Bomben fielen. Vorerst wenigstens nicht! Eigentlich war geplant, dass ich nach drei Monaten nach Berlin und an meinen Ausbildungsplatz zurückkehren sollte, doch es kam anders.

Detta, wie meine Tante von den kleinen Jungen und bald auch von mir genannt wurde, beobachtete voller Sorge die Eskalation des Bombenkrieges in den deutschen Städten. Sie beschloss, dass ich auf keinen Fall dorthin zurückkehren durfte, und antwortete auf eigene Faust und ohne mein Wissen auf eine Zeitungsannonce, in der ein Hoteldirektor und seine Frau für ihren zehn Monate alten Sohn eine Kinderschwester suchten.

Kurz darauf kam es zu einem Vorstellungsgespräch, das in einer Atmosphäre gegenseitiger Sympathie verlief, und so wurde ich mit Familie Weiss schnell handelseinig. Das Ehepaar stammte übrigens aus dem Reich, was sich für mich später noch als schicksalhaft herausstellen sollte.

Nachdem die Formalitäten, wie polizeiliche Anmeldung und Beantragen von Lebensmittelkarten, erledigt waren, konnte ich meine neue Stelle antreten. Das Hotel am Wienerwald wurde für die nächsten Monate mein neues, vorläufiges Zuhause.

Bevor ich endgültig zusagte, hatte ich mir ausgebeten, die Sache eine Nacht überschlafen zu dürfen, denn obwohl mir die Überlegungen meiner Tante einleuchteten, hatte ich zugleich Sehnsucht nach Berlin und nach meiner Mutter. Doch als der Morgen nach einer ziemlich schlaflosen Nacht graute, hatte ich mich entschieden, zu bleiben, bis der Krieg zu Ende sein würde.

Für den Moment war ich einige Sorgen los.

Eine noch heile Welt mit vorher nie gekannten Annehmlichkeiten wurde mir eröffnet. Hier gab es keine Not, keine kontingentierten Lebensmittel und keine Probleme mit der Beschaffung von Kleidung und Schuhen. Da das Hotel gleichzeitig als Erholungsheim für Reichsbahnangestellte diente, wurde es offensichtlich erheblich großzügiger mit allem Lebensnotwendigen, und nicht nur mit dem, versorgt. Für die normale Bevölkerung der Ostmark, wie Österreich jetzt genannt wurde, galten natürlich die gleichen Beschränkungen wie für die Reichsdeutschen.

Die hauseigene Schneiderin nähte mir sofort zwei blau-weiß gestreifte Kleider und mehrere Schürzen. Auch ein Paar neue schwarze Halbschuhe gehörten zur Ausstattung, ohne dass ich dafür einen Bezugschein gebraucht hätte.

Ich teilte das Kinderzimmer mit dem kleinen Horst, einem bezaubernden braunhaarigen Lockenkopf, der mein Herz im Sturm eroberte. Jeden Morgen brachte Kitty, das Zimmermädchen, eine Baby-Badewanne und füllte sie mit warmem Wasser, damit ich den Kleinen baden konnte. Sein Essen wurde in der Hotelküche von Frau Liesie, der Köchin, zubereitet. Ich musste das »Menü« nur mit ihr besprechen und es abholen. Für mich stand am Abend oft ein Sekt im Kühlschrank, und manchmal wurde ich nach Dienstschluss zu einem gemütlichen Beisammensein eingeladen.

Meine Hauptaufgabe bestand darin, mich intensiv um meinen kleinen Schützling zu kümmern, ihn nach besten Kräften zu fördern und täglich lange Spaziergänge mit ihm zu machen.

Über Horstis Fortschritte führte ich für die Eltern ein Tagebuch, denn oft waren sie zu beschäftigt, sich von mir Bericht erstatten zu lassen. Alles in allem genoss ich die Zeit im Haus am Wienerwald, wenngleich mich manchmal starkes Heimweh überfiel. Dies hier konnte nur ein Zwischenspiel sein, dachte ich. Anschließend wollte ich zu meinem alten Leben in Berlin zurückkehren.

Meist verlief mein Alltag eher eintönig, doch eines Tages kam Abwechslung in unser Leben. Ein Oberstleutnant, der als Kurier ins Führerhauptquartier unterwegs war, machte Station in unserem Hotel.

Am Morgen nach seiner Ankunft veranstaltete er auf der großen Wiese hinter dem Haus ein Scheibenschießen, mit dem er uns unterhalten wollte. Er nahm als Erster Aufstellung und traf natürlich mit seiner Armeepistole voll ins Schwarze. Einer nach dem anderen zielte auf die Scheibe, und mein Ehrgeiz war geweckt.

Doch als der Oberstleutnant die schwarz glänzende Pistole in meine Hand legte, zuckte ich zurück, weil sie so kalt und schwer war. Auch schoss mir der Gedanke durch den Kopf, ob er mit dieser Pistole wohl schon auf einen Menschen geschossen hatte, und plötzlich war ich unfähig, auf die Scheibe zu zielen.

»Ich kann nicht«, sagte ich, ließ meinen Arm sinken und gab ihm die Pistole zurück. Verwundert schaute er mich an. Mein Gesicht muss ihm durch diesen Vorfall wohl in Erinnerung geblieben sein, denn er erkannte mich gleich wieder, als ich ihm später noch einmal begegnete.

Das letzte Kriegsjahr

An meinem freien Tag erkundete ich Wien, das anders als die deutschen Städte bisher keine nennenswerten Bombenangriffe erlebt hatte, denn zunächst waren hier nur militärische Ziele bombardiert worden. Erst in den letzten Kriegswochen würde die prachtvolle Wiener Innenstadt samt Stephansdom in einer Bombennacht zerstört werden. So mussten am Ende auch die Österreicher für ihre nicht ganz freiwillig bekundete Zustimmung zur »Heimkehr ins Reich« bitter büßen.

Doch im Spätsommer 1944 präsentierten sich Wiens elegante Geschäftsstraßen fast noch in Vorkriegspracht, wenngleich die Angebote in den Auslagen auch hier schon kontingentiert und nur auf Bezugschein zu haben waren. Trotzdem genoss ich, was eben möglich war – einen Besuch in der berühmten Konditorei Demel oder im fast noch berühmteren Sacher, obwohl es sicher nur ein schwacher Abglanz der Vorkriegsherrlichkeit war, was ich in diesen Wochen erlebte.

Einmal hatte ich in einem Restaurant ein Erlebnis der besonderen Art: Als ich mir hungrig einen Kaiserschmarren bestellte, eine landestypische Mehlspeise, die angeblich das Lieblingsgericht des alten Kaisers Franz Josef gewesen war, kritisierte mein Tischnachbar ideologisch stramm ausgerichtet: »Was soll dieser

Unsinn! Schließlich gibt es keinen Kaiser mehr!« Ich antwortete schlagfertig: »Dann beantragen Sie doch, das Gericht in ›Führerschmarren‹ umzubenennen.«

Diese kleine Begebenheit zeigt, wie viele Unbelehrbare es noch gab, als rundherum bereits die Welt des Großdeutschen Reiches in Scherben lag. Bald sollte es auch für die Wiener ein böses Erwachen geben.

Inzwischen war 1944 vorüber, und ein neues Jahr hatte begonnen, das noch viele Schrecken gerade für die Deutschen bereithalten sollte, bevor der Krieg endlich vorüber war.

In Ostpreußen, meiner Heimat, war das Vorrücken der Roten Armee auf Reichsgebiet nicht mehr aufzuhalten, und Millionen von Menschen, die eine verantwortungslose Propaganda von einem rechtzeitigen Verlassen des Landes abgehalten hatte, mussten nun im bittersten Winter Richtung Westen fliehen. Zahllose Trecks wurden von den Russen überrollt, Tausenden blieb nur die Flucht über das dünne Eis der Ostsee. Leiden und Tod waren allgegenwärtig, denn viele erreichten niemals den rettenden Westen: Sie starben vor Hunger und Kälte oder ertranken, sie fielen Tieffliegerangriffen zum Opfer, wurden vergewaltigt oder verschleppt. Hitler, seine Helfer und Soldaten hatten Hass gesät, der jetzt unerbittlich vor allem auf unschuldige Kinder und Frauen zurückfiel.

Am 4. Februar 1945 hörte ich im Wehrmachtsbericht von einem der schwersten Luftangriffe auf Berlin, dem über zwanzigtausend Menschen zum Opfer gefallen waren. Keine zwei Wochen später würde Dresden ein noch grauenvolleres Schicksal ereilen.

Für mich war es das Schlimmste, dass jetzt auch der Kontakt zu meiner Mutter abbrach, den ich bislang brieflich und telefonisch aufrechterhalten hatte. Nun ging nichts mehr, und natürlich gab es erst recht keine Nachrichten mehr aus Insterburg. Als Letztes hatte ich von meiner Mutter gehört, dass die Rote Armee die Stadt mit ihren schweren Geschützen bereits sturmreif geschossen hatte und überall Brände loderten.

Die Erkenntnis, mit einem Mal von allen meinen Lieben abgeschnitten zu sein, nichts mehr über ihr ungewisses Schicksal zu erfahren, machte mich fassungslos, denn die Verbindung zu meiner Familie war immer mein innerer Halt gewesen. Die Welt schien für mich aus den Fugen zu geraten, doch die Erfordernisse des Alltags ließen mir keine Zeit, meinem Schmerz nachzuhängen, und schnell gewann mein Lebenswille wieder die Oberhand.

Nachdem wir bislang recht sorgenfrei gelebt hatten, mussten wir jetzt Vorkehrungen zum Schutz gegen Spreng- und Brandbomben treffen, die bereits in unserer Nähe abgeworfen worden waren. Zu diesem Zweck hatte Otto Weiss im Garten einen kleinen Stollen in die lehmige Erde graben lassen, der von dicken Balken abgestützt wurde. Er war so klein, dass außer der Familie niemand mehr dort Platz finden konnte – für Horsti jedoch stand ein Bett darin. Ich erinnere mich noch gut an meine Angst, wenn Bomben fielen und die Erde bebte, dass ich mich schützend über das Kinderbett warf.

Irgendwann war uns klar, dass es Zeit wurde, zu fliehen, denn die Russen standen schon so dicht vor

Wien, dass wir den Geschützdonner hören konnten. Wir befürchteten Straßenkämpfe, und überhaupt sagte man, dass es besser wäre, sich in Sicherheit zu bringen und zu den Amerikanern zu fliehen, die von der anderen Seite her, von Tirol aus, in Österreich vorrückten.

Knapp zwei Wochen, bevor die Russen Wien einnahmen, verließen wir die Stadt. Es war der 31. März 1945. Morgens früh um sieben Uhr standen wir auf dem Westbahnhof und warteten auf den planmäßigen Personenzug nach Bad Aussee im Salzkammergut.

Wir waren nicht die Einzigen, die rechtzeitig die belagerte Stadt verlassen wollten, und entsprechend groß war das Gedränge, denn niemand wusste, wie lange überhaupt noch Züge in Richtung Westen fuhren. Nun hieß es: Rette sich, wer kann!

Wir hatten das Glück, relativ nah an der Sperre zu stehen. Nach Fahrkarten wurde nicht mehr gefragt, und trotz des chaotischen Gedränges schafften wir es, nach dem Öffnen der Sperre einen Platz in einem Abteil zu ergattern.

Als der Zug sich langsam in Bewegung setzte, mussten viele Menschen verzweifelt auf dem Bahnsteig zurückbleiben.

In unserem Abteil saß eine Frau mit einem neugeborenen Säugling. Sie konnte das Kind nicht stillen, denn der Schock des Kriegsgeschehens hatte wohl die Milch versiegen lassen. Sie tat mir unendlich leid, und so beschloss ich, ihr eines von Horstis Fläschchen mit Reisschleim zu überlassen.

Aber sie waren kalt! Ich zwängte mich aus dem überfüllten Abteil hinaus und hangelte mich, da in den Gängen kein Durchkommen war, auf den Trittbrettern des langsam fahrenden Zuges bis zur Lokomotive vor, wo ich die Babyflasche im heißen Wasser notdürftig erhitzen konnte. Auf dem gleichen Weg gelangte ich heil in unser Abteil zurück und übergab der jungen Mutter, die vor Glück weinte, das Fläschchen. Mit den Fingerspitzen gab sie dem Säugling tropfenweise den warmen Reisschleim, den er begierig aufsaugte.

Über die »Reise« nach Bad Aussee habe ich in meinem Taschenkalender folgende Eintragung festgehalten: »Fahrt war furchtbar, zweimal Tieffliegerbeschuss, Fahrtdauer: zwei Tage und eine Nacht. Ort überlaufen mit Flüchtlingen, alles sieht aus wie ein riesiges Lazarett. Wie lange müssen wir hier bleiben?«

An den Tieffliegerbeschuss erinnere ich mich noch sehr gut. In panischer Angst verließen wir den Zug, der in einer Senke angehalten hatte, und drückten uns, auf dem Bauch liegend, fest in das abschüssige Gelände. Ich hatte meinen Arm um Horsti gelegt und wartete nur darauf, dass der Beschuss aufhörte. Ich weiß gar nicht zu sagen, wer uns da beschossen hatte – Engländer, Amerikaner oder Russen –, aber der Krieg war noch nicht zu Ende, und Züge galten als potenzielle militärische Ziele, was sie ja auch oft waren.

Die Wagen sahen anschließend schlimm aus. Zum Teil waren die Dächer beschädigt und ließen den Regen durch.

Auch viele Fenster waren zu Bruch gegangen. Nach dem zweiten Angriff wurde beschlossen, erst im Schutz der Dunkelheit weiterzufahren.

Trotz aller Widrigkeiten kamen wir schließlich relativ unbeschadet in Bad Aussee an. Herr Weiss, der selbst in Wien zurückgeblieben war, hatte – seine Kontakte mit der Reichsbahn nutzend – für Unterkunft in einem Altersheim für ehemalige Bahnangestellte gesorgt. Damit waren wir im Vergleich zu den meisten Mitreisenden überaus privilegiert.

Notunterkunft im Ferienparadies

Das Altersheim, in dem wir unterkamen, lag im alten Teil von Bad Aussee, der längst nicht so elegant war wie die Kurzone, aber die Landschaft war hier wie da überwältigend.

Wir wurden mit einer Handkarre für unser Gepäck und einem Sportwagen für Horsti abgeholt. Unser Zimmer war nicht gerade erhebend. Es hätte wie das ganze Heim dringend eine Generalüberholung benötigt, aber wer dachte in diesen Zeiten schon an so etwas. Schlimm waren allerdings die Wanzen, die sich überall verbreitet hatten und sich des Nachts an unserem Blut gütlich taten.

Wie gerädert und völlig zerstochen meldeten wir uns am ersten Morgen bei der Heimleiterin, die in der Küche mit dem Herrichten des Frühstücks beschäftigt war.

Sie war eine mürrische, total überforderte Frau. Ihr Mann war verstorben, der Schwiegersohn an der Front, und die einzige Tochter lebte mit ihrem kleinen Kind in Horstis Alter bei ihr im Haus. Außer ihr war nur noch eine Ordensschwester zur Betreuung der alten Leute da.

Frau Weiss hatte erkannt, dass wir uns nach besten Kräften mit der unfreundlichen Heimleiterin arrangieren mussten. Also bot sie an, dem Enkelkind Kleidung von Horst zu schenken und außerdem hübsche

Pullover zu stricken. Sie hatte den richtigen Nerv getroffen. Die Miene von Frau Grohmann, wie die Dame hieß, hellte sich auf, und plötzlich bekamen wir ein schönes, freundliches und vor allem wanzenfreies Zimmer. Außerdem gab sie zum Mittagessen immer eine Pellkartoffel mehr auf den Teller, als uns eigentlich laut Lebensmittelkarte zugestanden hätte.

Ich meinerseits erbot mich, außer Horsti auch das andere Kind zu betreuen, sodass die Tochter ihrer Mutter mehr bei der Arbeit im Heim helfen konnte. Mit zwei kleinen Kindern im Krabbelalter hatte ich nun alle Hände voll zu tun. Füttern und Windeln wechseln gehörte dazu und fand auf einer am Fußboden liegenden Decke in unserem Zimmer statt. Kochen musste ich für die Kinder Gott sei Dank nicht – das ließ sich Frau Grohmann nicht nehmen und bereitete regelmäßig die Kindermahlzeiten selbst zu.

Am 13. April 1945 war in Wien der Krieg zu Ende, denn an diesem Tag wurde die Stadt von der Roten Armee erobert und wenig später eine provisorische Regierung gebildet. Bald waren auch in anderen Landesteilen die Kämpfe beendet, und aus der Ostmark wurde wieder Österreich, wenngleich das Land jetzt von alliierten Truppen besetzt war. Aus Berlin dagegen hörten wir weiterhin von heftigen Kämpfen, die andauerten, bis die Wehrmachtführung nach Hitlers Selbstmord am 30. April endlich den sinnlosen Kampf aufgab und kapitulierte.

Die Regierungsgewalt lag vorerst bei den Besatzungsmächten. Für uns persönlich waren die Folgen noch nicht absehbar. Wir mussten uns in Geduld üben und warten, waren jedoch vor allem froh, dass wir uns in der amerikanischen Zone befanden. Täglich fragten wir uns, wie das Flüchtlingsproblem gelöst werden würde. Die Ungewissheit zerrte an unseren Nerven. Die Zeit verrann zwischen Sorgen, Angst und Euphorie.

Es war Mai, und auf unseren Spaziergängen freuten wir uns über ein Meer von gelben und weißen Narzissen auf einer großen Wiese. Immer mehr ehemalige Soldaten der einst stolzen deutschen Wehrmacht begegneten uns nun in zerrissenen Uniformen, an denen die Abzeichen fehlten. Sie hatten ihre Einheiten an der ehemaligen Ostfront verlassen, denn sie fürchteten sich vor den russischen Vergeltungsmaßnahmen. Aus gutem Grund, denn auch viele Wehrmachtsoldaten hatten sich im nationalsozialistischen Vernichtungskrieg gegen die Sowjetunion schuldig gemacht. Vor allem Angehörige von SS-Einheiten wollten nicht erkannt werden, und überall am Straßenrand sah man abgerissene Achselstücke und Erkennungszeichen. Die Helden des Dritten Reichs strebten auf dem schnellsten Weg nach Hause.

In dieser Zeit der Auflösung begegnete mir einmal auf einem Spaziergang mit Horst ein Trupp Soldaten mit einem hoch beladenen Fuhrwerk. Sie hatten wohl die Zeit der allgemeinen Auflösung genutzt und in einem Depot Weinkisten requiriert. Ich schaute zweimal hin, denn obenauf saß ein Soldat, der mir bekannt vorkam. Es war der ehemalige Oberstleutnant, der uns in Wien das Scheibenschießen beibringen wollte. Auch er wusste gleich, wer ich war, denn er rief mir zu, ich solle mit dem Kinderwagen zum

Fuhrwerk kommen, und reichte mir eine Kiste Wein herunter. Frau Weiss konnte es nicht fassen, als ich ihr die Geschichte erzählte. Wir beschlossen, die Kiste aufzuheben, bis ihr Mann den Weg zu uns gefunden hatte, denn wir glaubten nicht, dass er jetzt noch in Wien bleiben würde.

Eines Tages unternahm ich wieder einen meiner üblichen Spaziergänge mit den Kindern, die ich hintereinander in die Sportkarre gesetzt und angebunden hatte, als ich am Ortsausgang in der Ferne einen müden Wanderer wahrnahm, der ein Fahrrad schob. Als er näher kam, traute ich meinen Augen nicht und fing an zu laufen, so gut es mit den Kindern möglich war.

Ich hatte wirklich Otto Weiss entdeckt! Er ließ das Fahrrad fallen, und wir umarmten uns ebenso gerührt wie erschüttert. In den Wirren jener Zeit war es nicht selbstverständlich, dass man sich wiederfand.

Er war abgemagert, die Knickerbockerhose schlotterte um seinen Körper, und er hatte sich tagelang nicht rasieren können. Aber in der Jackentasche hatte er noch gültige Lebensmittelmarken aus dem Hotel mitgebracht – eine Kostbarkeit in Zeiten der Not. In meinem kleinen Kalender habe ich diesen 16. Mai 1945 als einen ganz besonderen Tag notiert: Wir waren wieder zusammen!

Bei mehreren Gläsern Wein hatten wir uns viel zu erzählen. Immer wieder sagte er, wie froh er gewesen sei, dass wir uns rechtzeitig in Sicherheit gebracht hatten. Denn als die Russen ins Haus kamen, hatten sie alle Frauen vergewaltigt. Die einzelnen Namen der Betroffenen zu hören, machte die Sache noch schwerer zu ertragen. Daneben schienen uns die Schilderungen der Verwüstungen im Hotel fast nebensächlich.

Nun warteten wir gemeinsam darauf, was mit uns geschehen sollte.

Oft weinte ich vor dem Einschlafen, denn inzwischen waren nicht nur Nachrichten aus Berlin, sondern auch über das Schicksal der ostpreußischen Bevölkerung zu uns gedrungen. Wie mochte es meiner Mutter ergehen? Wie den Großeltern und Detti und Monika? Familie Weiss wollte ich mit meinen Sorgen nicht belasten, sondern suchte Trost im Gebet, wie die Großmutter es mich gelehrt hatte.

Nirgendwo ist Heimat

Nach und nach wurde uns klar, wie es um uns bestellt war. Deutschland lag in Trümmern und konnte sich ohne Hilfe von außen nicht ernähren. Es gab keine Arbeit, keine Wohnungen. Inzwischen wusste man auch vom Ausmaß der ungeheuerlichen Verbrechen jenes Mannes, dem die meisten Deutschen begeistert zugejubelt hatten. Gab es da für uns überhaupt noch eine Zukunft?

Für den Augenblick sorgten die Amerikaner für das Nötigste. Sie hatten alle vorhandenen Lagerhallen geöffnet und verteilten die Lebensmittelvorräte.

Es gab jede Menge gelbe Erbsen. Wir mahlten sie zu Erbsenmehl und backten Erbsenkuchen. Zu jeder Gelegenheit aßen wir Erbsensuppe.

Am 20. Juli mussten wir Bad Aussee ganz überraschend verlassen. In meinem Kalender habe ich unter diesem Datum notiert: »Früh um fünf Uhr von Alt-Aussee mit Lastwagen abtransportiert nach Gmunden am Traunsee in ein Sammellager. Entlaust worden mit großer, hölzerner DDT-Puder-Spritze. Sechs Tage bei Wassersuppe und Brot festgehalten worden.«

Ganz ohne Voranmeldung waren eines Morgens Lautsprecherwagen durch den Ort gefahren und hatten die Flüchtlinge aufgefordert, sich für den Abtransport am nächsten Tag bereitzuhalten. Offene

Lastwagen, mit Bänken versehen, brachten uns über den Pötschenpass nach Gmunden am Traunsee in oberösterreichisches Gebiet, das ebenfalls in der amerikanischen Besatzungszone lag. Offenbar begannen die Amerikaner, die Flüchtlinge in ihrem Bereich stärker zu konzentrieren, und hatten in Gmunden ein Übergangslager eingerichtet.

In einer großen Halle mit Zementboden wurden uns Strohmatten und Decken zugewiesen, und es gab eine Notküche, in der man Essen holen konnte.

Wir wurden gewissenhaft registriert und gefragt, wohin wir wollten. Für meine Arbeitgeber war es keine Frage, dass sie in die schwäbische Heimat weiterreisen wollten, und sie hatten mir angeboten, mit ihnen zu kommen. Ich hatte dankend angenommen.

In Schwaben hatten die Franzosen das Sagen.

Wer keine Anlaufadresse angeben konnte, wurde in ein anderes Sammellager eingewiesen – in der Hoffnung, dass sich die Flüchtlinge in den betreffenden Gemeinden nach und nach integrieren würden. Wir hatten es gut, weil uns ein Sammellager – vielleicht wieder auf unbestimmte Zeit – erspart blieb. Nur sechs Tage mussten wir die Läuse in den Wolldecken auf dem harten Zementboden ertragen, dann durften wir weiterreisen.

Am 26. Juli 1945 wurden wir mit LKWs aus dem Lager abtransportiert. Endlich ging es los.

Wir wurden zu Verladerampen des Güterbahnhofs gebracht, wo Waggons auf uns warteten, die eigentlich für Viehtransporte und Güterverkehr bestimmt waren. Aber die Sonne schien, und es war warm.

Bei uns waren zwei Frauen aus Düsseldorf, die

wir bereits in Bad Aussee kennengelernt hatten. Sie waren manchmal zu Besuch gekommen, und gemeinsam hatten wir auf der Veranda des Altersheims Karten gespielt und darüber vergessen, dass wir kein Zuhause mehr hatten.

Sie hatten ein schweres Schicksal, denn sie waren von ihren Familien getrennt. Von den Männern wussten sie nicht, ob sie den Krieg überlebt hatten, die Kinder waren, als die Bombardierung der Großstädte zunahm, irgendwo aufs Land geschickt worden. Sie selbst wurden, nachdem sie ausgebombt waren, nach Bad Aussee evakuiert.

Was sie sich nach und nach von der Seele redeten, hat mich damals sehr berührt.

Sie lebten in der Sorge um ihre Ehemänner, über deren Verbleib sie nichts wussten, und verzehrten sich vor Sehnsucht nach ihren Kindern. Wie sollten sie wieder zueinanderfinden?

Wir hatten beschlossen, auch weiterhin zusammenzubleiben, um uns gegenseitig zu helfen. Erleichtert und froh stellte ich fest, dass die beiden Frauen mir eine große Hilfe bei der Betreuung von Horsti waren, zumal Frau Weiss sich intensiv um ihren Mann kümmern musste, der nach dem langen Fußmarsch und dem Verlust seiner Existenz irgendwie gebrochen wirkte. Alle setzten wir unsere Hoffnung darauf, dass sich in seiner Heimat alles zum Besseren wenden würde.

Ich erinnere mich noch, dass es an diesem 26. Juli 1945 sehr heiß war. Die mitgenommenen Teeflaschen waren schnell leer getrunken, und bald plagte uns großer Durst. Dabei hatte der Tag gerade erst angefangen. Die Kekse, die uns die Amerikaner als Reiseproviant mitgegeben hatten, verstärkten unseren Durst nur, denn sie machten den Mund so trocken, dass das Schlucken schwerfiel. Der kleine Horst war glücklicherweise irgendwann weinend und verschwitzt in seiner Sportkarre eingeschlafen.

Ein anderes Problem ergab sich, wenn man einmal musste. Weil überall auf und neben den Gleisen noch mit Blindgängern zu rechnen war, hielt der Zug aus Sicherheitsgründen nicht an, damit wir uns erleichtern konnten. Da der Zug jedoch extrem langsam fuhr, konnte man das Problem lösen, indem man das Hinterteil vorsichtig zur geöffneten Türe hinaushängte, wobei man mit einem um die Taille gebundenen Gürtel von anderen Frauen festgehalten wurde. Not macht erfinderisch, aber hinterher haben wir über diese komische und außergewöhnliche Situation Tränen gelacht.

Wir fuhren eine endlose Nacht lang und kamen im Laufe des Vormittags bis kurz hinter Augsburg, wo der Zug plötzlich mit einem Ruck stehen blieb. Eine Bombe hatte die Gleise zerstört und einen Krater aufgerissen. Also mussten wir zurück nach Augsburg und dort auf Lastwagen umsteigen, die uns nach Ulm bringen sollten, wo wir dann erneut auf die Bahn wechseln würden.

Nach der vorangegangenen, endlos scheinenden Nacht war unsere Stimmung angesichts der neuen Verzögerung nicht gerade gut. Besorgt bemerkte ich, dass vor allem Herr Weiss, der wesentlich älter war als seine Frau, durch diese Strapazen sehr angegriffen zu sein schien.

Mühsam verfrachteten wir unser Gepäck und Horstis Sportkarre auf die Pritsche des Wagens, die mit einer Plane bedeckt war. An den Seiten gab es Sitzbänke. Der einzige Vorteil dieses außerplanmäßigen Aufenthalts war, dass es auf dem Bahnhofsplatz einen Kiosk gab, an dem wir uns mit Getränken für die lange Weiterfahrt versorgen konnten. Sogar ein Toilettenwagen mit Waschbecken stand bereit.

Am späten Abend erreichten wir ziemlich durchgeschüttelt Ulm. Unser Fahrer hatte Anweisung, uns zu einer Sammelstelle zu bringen, an der uns eine Gruppe hilfsbereiter Ulmer Bürger in Empfang nahm. Sie gehörten zum »Deutschen Roten Kreuz«. Wir wurden von einem Ehepaar mittleren Alters freundlich angesprochen, das uns Platz in seiner Wohnung anbot.

Sie luden unser Gepäck auf den mitgebrachten Handwagen; Horsti wurde in seinen Sportwagen gesetzt, wo er bald einschlief, und los ging es. Herr Weiss schob den Kinderwagen, auf den er sich halbwegs stützen konnte, seine Frau und ich hielten das Gepäck auf dem klapprigen Handwagen fest. Die beiden Düsseldorferinnen waren in ein anderes Quartier eingewiesen worden.

Bald standen wir vor den Resten des Hauses unserer Gastgeber, bei dem letztlich nur der ausgebaute Luftschutzkeller standgehalten hatte. Der aber war groß genug und ausreichend komfortabel ausgestattet.

Nach einem bescheidenen Abendessen erzählten sie uns bei einer Tasse Tee, dass der Mann bald nach Beginn des Krieges als Kriegsversehrter entlassen und anschließend als Luftschutzwart eingesetzt worden war. Sie hatten in ihrer unmittelbaren Nähe viel Elend und Grauen gesehen und waren dankbar, dass sie gemeinsam den Krieg überlebt hatten. Jetzt wollten sie Menschen wie uns, denen es noch schlimmer ergangen war, helfen, indem sie uns bis zum Weitertransport aufnahmen.

Herr Weiss, der über dieses Ausmaß an Hilfsbereitschaft sehr gerührt war, schenkte ihnen einige Lebensmittelmarken aus seiner eisernen Reserve, die er für uns aus Wien mitgenommen hatte – in jener Zeit ein kostbares Präsent.

Am nächsten Morgen wurden wir in strömendem Regen zu dem pünktlich um halb sieben Uhr bereitstehenden Güterzug gebracht.

Ich werde nie vergessen, mit welch ungläubigem Entsetzen unsere Augen bei Tageslicht die Stadt suchten und nur eine totale Trümmerlandschaft vorfanden. Allein das Ulmer Münster war stehen geblieben, mahnend, mitten im Chaos – es wirkte irgendwie tröstlich und hoffnungsvoll. Sonst hätten wir nicht erkennen können, wo wir uns gerade befanden.

Die letzte Etappe

Am 28. Juli 1945 brachen wir zum letzten Abschnitt unserer Reise auf. Unsere Düsseldorferinnen warteten schon auf uns. Bald würden wir uns von ihnen trennen müssen, und in die Hoffnung auf einen neuen Anfang mischte sich ein bisschen Wehmut. Würden wir die lieb gewonnenen Freundinnen wiedersehen?

Unser Waggon hatte Schiebetüren und kleine Oberlichtfenster. Wir saßen mit dem Rücken an die Wand gelehnt, unterhielten uns und verkürzten uns die Zeit damit, Horsti das Laufen beizubringen. Wir stellten uns in kurzem Abstand hintereinander auf und schickten ihn auf den Weg von einem zum anderen. Den größten Spaß hatte er, wenn er von rettenden Armen aufgefangen wurde.

Wenn der Zug an einigen kleinen Stationen hielt, öffneten wir die Schiebetüren. Manchmal hatten wir das Glück, an einer Laderampe zum Stehen zu kommen, denn dann konnten wir aussteigen, uns die Füße vertreten und eine Toilette oder eine entsprechende Örtlichkeit suchen. Gleichzeitig beobachteten wir erleichtert, dass Milchkannen und Kisten mit landwirtschaftlichen Erzeugnissen in den Zug eingeladen wurden – es kam uns als tröstliches Zeichen von beginnender Normalität vor.

Die Fahrt am Bodensee entlang, bei Sonnenschein,

genossen wir bei geöffneten Schiebetüren, und weiter ging es über Friedrichshafen, Meersburg, Stockach, Meßkirch bis zum Güterbahnhof Tuttlingen. Ein letztes Mal, stellte ich traurig fest, halfen uns die Düsseldorferinnen beim Aussteigen. Dann eine letzte Umarmung, bei der uns ein dicker Tränenkloß im Hals steckte, und sie mussten vorerst weiter ins Sammellager, weil sie in ihrer Heimatstadt keine Adresse mehr hatten. Sie konnten nur hoffen, über den Suchdienst irgendwelche Angehörigen ausfindig zu machen.

Wir dagegen standen ziemlich verloren mit unserer neu gewonnenen Freiheit auf dem Abstellgleis. Ich nahm Horsti auf den Arm, während die Eltern das ganze Gepäck auf den Kinderwagen luden. Dann suchten wir den Weg zum Hauptbahnhof, wo wir den Zug nach Spaichingen nehmen wollten, dem Heimatort der Familie Weiss und letzten Ziel unserer Reise.

Als wir eingestiegen waren, blieb ich am Fenster stehen und weinte. Niemand sollte meine Tränen sehen. Verschwommen nahm ich die unbekannten Haltestellen wahr und hatte das unwirkliche Gefühl, dass mein Leben bisher nur aus Stationen bestanden hatte, an denen ich für kurze Zeit bleiben konnte – bis es sich weiterbewegte wie ein Zug, der niemals ans Ziel kam.

Meine Gedanken liefen rückwärts, und alle verdrängten Ängste um meine Mutter, die Großeltern, um Detti und Monika überfielen mich. Zu ihnen gehörte ich und hatte doch den Bezug zu ihnen durch diesen schrecklichen Krieg verloren. Wo waren sie jetzt? Ich musste sie suchen, und ich würde sie ganz gewiss finden.

Ich wusste, dass ich noch nicht am Ziel war, doch zunächst einmal war es mir auf meinem Lebensweg bestimmt, in Spaichingen auszusteigen. Dabei hatte ich in diesem Moment keine Ahnung, welche Bedeutung dieser kleine schwäbische Ort für mich bekommen sollte. Im Augenblick hielt ich ihn für nichts anderes als eine weitere Durchgangsstation.

Trotz aller trüben Gedanken musste ich lachen, denn auf dem Bahnhof wartete wieder einmal ein Handwagen auf uns. Herr Weiss hatte uns von Tuttlingen aus telefonisch angemeldet, und so gab es ein großes Hallo bei unserer Ankunft.

Auf dem Bahnsteig wartete seine Nichte Lore auf uns. Sie trug nicht nur den gleichen Namen wie ich, sondern war auch genauso alt – wir waren uns auf Anhieb sympathisch. Ihre Mutter hatte zu Hause schon das Abendessen zubereitet, und so lernte ich gleich alle Familienmitglieder kennen.

Da war zunächst einmal der Großvater, der im Erdgeschoss noch in seiner Sattlerwerkstatt arbeitete, dann die Schwester Frieda, Lores Mutter – der Vater war in Russland vermisst – sowie der jüngste Bruder Paul, der etwa vierzig Jahre alt war.

Das Haus der Familie war nicht sehr groß und auf diesen plötzlichen Zuwachs von immerhin vier Personen nicht eingerichtet. So blieb für mich einmal mehr als Nachtlager nur ein schmales Sofa mit hoher Rückenlehne, das im Wohnzimmer stand und vor dem Frühstück rasch aufgeräumt werden musste. Die Situation war auf Dauer nicht tragbar, und so wurde nach einigen Monaten darüber diskutiert, ob wir nicht besser nach Schwenningen zu Eugen übersiedeln sollten, einem weiteren Bruder, der dort einen Gasthof betrieb und mehr Platz hatte.

Bittere Enttäuschungen

Auch Otto Weiss' Hoffnungen, in Spaichingen einen Neubeginn zu starten, platzten wie eine schillernde Seifenblase, und so beschloss er, mit seiner Familie ebenfalls zu seinem Bruder zu ziehen, bis sich eine neue Chance für ihn bot. Zumindest würden wir vorerst weiterhin zusammenbleiben, und darüber war ich mehr als glücklich, denn Familie Weiss war in dieser für mich schweren Zeit, die ohne jede Verbindung zu Mutter und Großeltern war, zu einer lieben und verlässlichen Ersatzfamilie geworden.

Irgendwie hatte ich mich damit abgefunden, dass es noch dauern würde, bis ich in mein altes Leben zurückkehren konnte. Diese Erkenntnis war zwar bitter, aber andererseits war ich jung und neugierig, was mir die Zukunft bringen würde. Meine Großmutter hatte mich Gottvertrauen gelehrt, und das half mir nicht zum ersten Mal in einer schwierigen Situation.

Eines Morgens stand vor dem Haus ein Fuhrwerk mit zwei Pferden. Eugen Weiss war persönlich gekommen, um uns nach Schwenningen am Neckar zu holen, das etwa zwanzig Kilometer von Spaichingen entfernt lag und damals noch eine Kleinstadt mit ländlichem Charakter war.

Das Gasthaus der Familie Weiss hieß »Zum grünen Baum« und wurde, wie in der Gegend üblich, zusätzlich zur Landwirtschaft betrieben. Während Eugen Weiss meist auf den Feldern und in den Ställen zu sehen war, kümmerten sich Frau und Tochter um die Wirtschaft. Im Erdgeschoss befanden sich Küche und Gaststube, im ersten Stock neben der Privatwohnung auch vier Fremdenzimmer, von denen wir zwei belegen durften.

Für mich gab es ein überraschendes Wiedersehen hier in Schwenningen, denn plötzlich stand ich vor Friedel, der Tochter des Hauses, die mit ihrem Mann auf dem elterlichen Anwesen lebte.

Friedel war im August 1944 zu Besuch bei ihrem Onkel im »Haus am Wienerwald« gewesen. Ihr Vater hatte sie nach Wien geschickt, um ihre verbotene Liebesaffäre mit einem polnischen Zwangsarbeiter, der dem elterlichen Hof als billige Arbeitskraft zugeteilt worden war, zu vergessen. Im Dritten Reich war eine solche Beziehung gemäß Rassegesetzen – Polen galten als rassisch »minderwertig« – eine hoch gefährliche Sache, die Friedel bei Entdeckung viele Unannehmlichkeiten beschert, für den jungen Mann aber mit Sicherheit KZ und vielleicht sogar den Tod bedeutet hätte.

Sie war damals etwa zwanzig Jahre alt, also nur unwesentlich älter als ich, und wir hatten uns auf Anhieb gut verstanden. Traurig und verängstigt hatte sie mir ihr Herz ausgeschüttet und von ihrer verbotenen Liebe erzählt. Gottlob schien sie es überwunden zu haben, dachte ich mir bei unserem Wiedersehen, denn inzwischen hatte sie einen jungen Mann geheiratet, den es als Flüchtling aus Schlesien an den Neckar verschlagen hatte.

Es sollte eine unruhige Zeit werden im »Grünen Baum«, und das lag nicht zuletzt an Friedels Mann Peter, einem begnadeten Akkordeonspieler. Tagsüber arbeitete er im nahen Trossingen bei der Firma »Hohner«, die führend war im Akkordeonbau, aber abends spielte er mit zwei Freunden, einem Gitarristen und einem Kontrabassisten, in der Gaststube auf.

Besonders die in Schwenningen stationierten französischen Besatzungssoldaten hatten sehr schnell herausgefunden, wo sie bei flotter Musik unterhaltsame Stunden verbringen konnten, und Abend für Abend war das Lokal gerammelt voll. Dazu trugen auch manche verrückte Einfälle von Eugen Weiss bei, der bisweilen hoch zu Ross in die Wirtschaft ritt und seinem Gaul ein Bier anbot.

Jedenfalls ging es immer hoch her bis spät in die Nacht, doch was des einen Freud, war des anderen Leid. In unseren Zimmern im ersten Stock war bei diesem Lärmpegel nämlich an Schlafen nicht zu denken. Was nützte es uns da, wenn es tagsüber im Haus ausgesprochen ruhig war?

Wir blieben nur wenige Wochen dort, machten uns in Haus und Hof nützlich und hofften darauf, dass jeder von uns wieder seinen Platz im Leben finden würde.

Zum Glück tat sich irgendwann für Otto Weiss eine hoffnungsvolle Perspektive auf, denn er erfuhr, dass das Gasthaus »Zum Felsen« in Tuttlingen einen Pächter suchte. Er griff die Gelegenheit beim Schopf, und der Umzug der Familie war beschlossene Sache. Inzwischen war Januar im Jahr 1947.

In die Freude über das Glück meiner Ersatzfamilie mischte sich ein Wermutstropfen, denn ich würde nicht mit ihnen gehen. Horsti brauchte keine Kinderschwester mehr, zumal seine Mutter genug Zeit für ihn hatte, und für zusätzliche Angestellte war das neue Lokal zu klein.

Doch Herr Weiss, rührend besorgt und fürsorglich wie immer, hatte sich auch über meine Zukunft Gedanken gemacht und mir eine Anstellung bei einer Spaichinger Arztfamilie vermittelt, deren zwei und dreieinhalb Jahre alten Töchter ich künftig betreuen sollte. So kam ich nach kurzem Intermezzo wieder nach Spaichingen zurück.

Der Abschied fiel mir sehr schwer, aber ich tröstete mich damit, dass Spaichingen nicht weit entfernt war von Tuttlingen, sodass ich Horsti und seine Eltern an meinen freien Tagen leicht besuchen konnte. Auch war es ein Trost für mich, dass Lore, die Nichte von Otto Weiss, mit der ich mich so gut verstanden hatte, wieder in meiner Nähe sein würde. Trotzdem empfand ich für den Moment das Gefühl eines schweren Verlustes.

Erst im Alter sollte ich aus der Erfahrung lernen, dass nichts verloren geht, was man in seinem Herzen festhält.

Schicksalhafte Umwege

Ich bemühte mich, positiv zu denken, aufzuhören mit der Grübelei, was aus mir werden sollte, und zog optimistisch mit meinem bescheidenen Gepäck bei der Arztfamilie und den Kindern Uschi und Brigitte ein.

Doch das Gefühl, in einer Gegenwart ohne Zukunft zu leben, quälte mich nach wie vor, und der Wunsch, das zu ändern, ließ mich nicht los. Dabei ahnte ich nicht, dass das Schicksal mich bereits ans Gängelband genommen hatte und mich auf neue Wege führte.

Es fing damit an, dass Lore mir erzählte, ihr Onkel Paul, der vor dem Krieg Vertreter für eine Stuttgarter Klavierfabrik gewesen war, in dieser Branche einen Neubeginn wagen wollte. Er begann, reparaturbedürftige Klaviere aufzukaufen, sie in der im Haus vorhandenen ebenerdigen Werkstatt des Vaters zu restaurieren und weiterzuverkaufen. Sein Büro richtete er in einer Ecke seines Schlafzimmers ein.

Waren die Anfänge auch mehr als bescheiden, so entwickelte sich im Laufe der Jahre aus der kleinen Werkstatt eine gut gehende Klavierfabrik mit vierzig Mitarbeitern. Einer davon war mein späterer Mann.

Er war der erste Angestellte gewesen und hatte sich auf ein Inserat gemeldet, mit dem Paul Weiss einen jungen Kaufmann suchte, der für ihn nicht nur die Buchhaltung erledigte, sondern ihn auch bei Einkauf und Verkauf unterstützte.

Ich war ihm begegnet, als ich Lore in ihrem Elternhaus besuchte, doch ich hatte ihm weiter keine Aufmerksamkeit geschenkt, da mich zu diesem Zeitpunkt nur ein einziger Gedanke beherrschte: »Wie komme ich so schnell wie möglich nach Berlin?« Inzwischen war mir nämlich klar geworden, dass ich nicht mit einem halbfertigen Beruf für alle Zeiten nur Kindermädchen bleiben konnte und wollte. Außerdem würde ich bald zu alt sein, meine abgebrochene Ausbildung noch fortzusetzen.

Ich konnte aber auch nicht einfach wider alle Vernunft in einen Zug mit Endstation Sehnsucht einsteigen – Sehnsucht, das war für mich Berlin. Zwischen Spaichingen und der ehemaligen Reichshauptstadt lagen mehrere Besatzungszonen und eine noch weitgehend zerstörte Infrastruktur. In jenen Tagen war es nicht so einfach, zu reisen, vor allem nicht von den westlichen Zonen in den sowjetischen Machtbereich. Oft blieb nur der Weg über die »grüne Grenze«. In meinen Gedanken fuhr jeder Zug nach Nirgendwo. Wie weit war ich doch entfernt von all meinen Plänen und Hoffnungen, dachte ich mit Bitterkeit.

Solch trüben Überlegungen nachhängend, war ich wieder einmal mit den beiden kleinen Mädchen über die Hauptstraße spaziert, als sich plötzlich von hinten eine Hand auf meine Schulter legte. Ich drehte mich um und stand dem jungen Mann aus der Klavierwerkstatt gegenüber.

Er lachte mich an und meinte, er hätte mich schon seit Längerem beobachtet. Heute Abend sei Tanz im Gasthaus, ob ich nicht Lust hätte, auch zu kommen – er würde mich abholen. Dankbar für die Abwechslung, sagte ich zu.

Nachdem ich die Kinder um acht Uhr ins Bett gebracht hatte, durfte ich gehen, jedoch nicht ohne die Mahnung, spätestens um halb zwölf zu Hause zu sein. Wir waren brav in jener Zeit, denn pünktlich brachte mein neuer Verehrer mich nach Hause zurück.

Ich kann nicht sagen, dass es Liebe auf den ersten Blick war.

In meinem Herzen lebte immer noch die platonische Liebe zu einem jungen, schneidigen Jagdflieger, den ich Weihnachten 1941 kennengelernt hatte, als ich meine Mutter im sächsischen Kamenz an ihrer Arbeitsstelle besucht hatte. Wir trafen uns auf einer Tanzveranstaltung – er sah fantastisch aus und ließ mein Herz höher schlagen. Als fast alle gegangen waren, setzte er sich an den Flügel, der auf dem Podium stand, und spielte für mich das Lied »Komm zurück, ich warte auf Dich ...« – in jener Zeit ein beliebter Schlager, der die Wünsche, Ängste und Sehnsüchte der in der Heimat Wartenden zum Ausdruck brachte und den Männern an der Front das tröstliche Gefühl gab, vermisst zu werden.

Es wurde unser Lied – eine zärtliche, sehnsüchtige Melodie. Es war wie eine Aufforderung an mich, auf ihn zu warten. Am nächsten Tag musste er an die Front zurück, sein Heimaturlaub war zu Ende. Er gab mir sein Foto, das ihn in seiner Jagdfliegermontur zeigte, und dazu die Feldpostnummer.

Wir schrieben uns viele wunderschöne Briefe.

Aber als er mich in seinem nächsten Heimaturlaub besuchen wollte, schrieb ich ihm, dass dies nicht möglich wäre. Ich hatte irgendwie Angst vor mir selbst, zumal ich als uneheliches Kind ein gebranntes Kind war und nicht das gleiche Schicksal erleben wollte wie meine Mutter. Der Krieg und das Fehlen eines richtigen Zuhauses verstärkten meine Unsicherheit. Mein hübscher Jagdflieger war sehr verletzt und meldete sich nie wieder.

Ich war sehr unglücklich darüber und seitdem für neue Begegnungen nicht mehr offen. Denn ich zog immer Vergleiche und hatte Angst, mich einer neuen Verletzung und neuen Problemen auszusetzen. Meine Vorstellung von Treue, auch in einer platonischen Liebe, war so ausgeprägt, dass sie mich bisher vor jeder Annäherung und jedem Abenteuer beschützt hatte.

Aber alles im Leben hat seine Zeit.

Die Realität der Gegenwart hatte mich eingeholt, und ich musste akzeptieren, dass die romantischen Träume einer Siebzehnjährigen nur noch eine schöne Erinnerung waren.

Langsam begann ein Prozess des Umdenkens, und ich überlegte mir, ob die Hand des jungen Mannes auf meiner Schulter ein Hinweis darauf gewesen war, dass ich gar nicht so einsam und alleine war, wie ich immer geglaubt hatte.

Wir waren uns nach diesem Tanzabend ein weiteres Mal begegnet, hatten uns erneut gut verstanden und weitere Treffen ausgemacht. Langsam begann mein Vertrauen zu ihm zu wachsen – und auch meine Zuneigung.

Obwohl ich nach wie vor nicht beabsichtigte, eine engere Bindung einzugehen, imponierte er mir vor allem wegen seiner Fürsorge für seine Mutter und die jüngeren Geschwister, für die er sich, seit er aus dem Krieg zurückgekommen war, nach dem Tod des Vaters verantwortlich fühlte.

Die Wirtschaftslage im aufgeteilten Deutschland war auch 1947 noch katastrophal, zumindest in der französischen Besatzungszone, während Amerikaner und Briten in ihren Bereichen die Bevölkerung verstärkt zu versorgen begannen und die Demontage der Industrieanlagen beendeten, welche die Siegermächte als Reparationsleistungen von Deutschland für die Alleinschuld am Krieg gefordert hatten.

Noch immer lebten wir mit Lebensmittelkarten und Bezugscheinen, die so knapp bemessen waren, dass es nicht möglich war, ohne Hamstern und ohne Tauschgeschäfte auf dem Schwarzmarkt über die Runden zu kommen. Aber dazu brauchte man Beziehungen, Talent und Mut – ich hatte nichts von alledem.

Mein neuer Freund gab zu bedenken, ob es für mich nicht sinnvoller wäre, halbtags in einem Büro zu arbeiten, anstatt täglich mit zwei kleinen Kindern bei schlechter Bezahlung spazieren zu gehen. Außerdem, meinte er, könnten wir dann unsere freie Zeit gemeinsam nutzen und die kärglichen Lebensmittelrationen aufbessern, indem wir in den umliegenden Dörfern durch Tauschhandel Mehl, Schmalz und Eier, vielleicht sogar ein Stückchen Speck, beschafften. Ich musste zugeben: Das war ein Lichtblick!

Begehrtestes Tauschobjekt waren damals Zigaretten, die so etwas wie eine zweite Währung waren, und offensichtlich wusste mein Freund, wo diese Kostbarkeiten gehandelt wurden. Ich war einmal dabei gewesen, als wir in einem Wirtshaus Zigaretten kaufen wollten. Da ging die Tür auf, und zwei französische Soldaten kamen herein. Vielleicht wollten sie nur etwas trinken. Aber wir – noch mit unserem Feindbild aus Hitlers Zeiten im Kopf und dem permanenten schlechten Gewissen – ergriffen in panischer Angst die Flucht in die Dunkelheit.

Aber der Hunger setzte ungeahnte Kräfte frei, und wir hatten es alle so satt, ständig hungern zu müssen. Mein Entschluss, das zu ändern, stand fest.

Also kündigte ich bei der Arztfamilie und machte mich daran, mir eine neue Stelle und ein möbliertes Zimmer zu suchen. Es musste alles ganz schnell gehen, denn ohne Arbeitsplatz bekam ich keine Lebensmittelkarten, und ohne Gehalt konnte ich kein Zimmer zahlen. Aber ich hatte Glück und fand beides schneller als gedacht.

Eine nette, noch junge Kriegswitwe mit zwei wilden Buben von acht und zehn Jahren war gerne bereit, mir in ihrer Wohnung preisgünstig ein Zimmer zu vermieten. Es gab einen kleinen Kanonenofen, ein richtiges Bett, was für mich einen besonderen Luxus darstellte, und einen Waschtisch – allerdings war das Wasser in der Kanne eiskalt, denn an Kohlen herrschte großer Mangel. Von unschätzbarem Vorteil für mich war jedoch, dass ich die Küche mitbenutzen konnte, denn bei meiner Wirtin konnte ich allerlei Geheimnisse der schwäbischen Kochkunst abschauen.

In einer Tuttlinger Firma, die chirurgische Instrumente herstellte, fand ich eine Halbtagsstelle – ein Glücksfall für mich, denn hier konnte ich meine Kenntnisse aus dem Berliner Wehrwirtschaftsbetrieb einbringen. Allerdings musste ich jetzt jeden Morgen von Spaichingen aus mit dem Zug fahren, der leider noch immer ungeheizt war – bei kaltem Wetter nicht gerade ein Vergnügen.

Der Krieg hatte viel zu lange gedauert, und vor allem die jungen Leute warteten ungeduldig darauf, dass es endlich ein Ende hatte mit all den Engpässen und Unzulänglichkeiten des täglichen Lebens. Noch immer waren die Läden leer, und in den Schaufenstern lagen nur Attrappen. Nachdem uns schon die Jugend gestohlen worden war, wollten wir jetzt endlich leben und genießen. Dazu gehörte auch, genug zu essen zu haben.

Naturgemäß waren die Bauern noch am besten dran. Antiquitäten, Teppiche und Gemälde gegen Kartoffeln zu tauschen, war in jenen Tagen keine Seltenheit. Glücklich, wer solche Tauschobjekte anzubieten hatte!

Aber Not macht erfinderisch. Mangels wertvoller Gegenstände war ich auf eine völlig andere Idee gekommen. Wir hatten Beziehungen zu einer Quelle, wo man Cellophan beschaffen konnte, und ich hatte herausgefunden, dass sich damit Marmeladengläser nach dem Einkochen ganz gut verschließen und haltbar machen ließen. Das musste doch für Bauersfrauen von Interesse sein.

Wir machten uns zu Fuß auf den Weg in die umliegenden Dörfer und klapperten die einzelnen Gehöfte ab, wo wir zumeist freundlich und verständnisvoll empfangen wurden.

Unser Angebot – für einen Meter Cellophan ein Ei – wurde fast immer akzeptiert, und oft erhielten wir auch einen Löffel Schmalz, ein Säckchen Mehl oder eine Scheibe Speck. Den weiten Rückweg noch vor uns, saßen wir dann müde und erschöpft am Straßenrand und freuten uns über unsere Schätze – einmal zählten wir tatsächlich dreißig Eier. Es war ein gutes Gefühl, einen kleinen Vorrat zu besitzen.

Mit Anbruch des Winters wurden die Hamstergänge schwieriger, und es galt, wieder auf Sparflamme zu leben.

Das größte Problem aber war, dass meine kleine Kohlenzuteilung hinten und vorne nicht ausreichte. Irgendwann blieb der Kanonenofen kalt, und ich musste meine Kleidung am Morgen vor dem Aufstehen ins Bett holen, um sie ein wenig anzuwärmen.

Andere hatten die gleichen Probleme, und Kohlenklau wurde zum beliebten Sport. Mein Freund wusste, wann die offenen Güterzüge, die mit Briketts oder Koks beladen waren, langsam durch den Spaichinger Güterbahnhof rollten. Mancher Lokführer stoppte sogar für kurze Zeit den Zug, damit beherzte Männer aufspringen und das schwarze Gold herunterwerfen konnten. Dass es sich um Diebstahl handelte, daran dachte man nicht. Da es niemanden gab, der uns wirklich half, musste jeder schauen, wie er durchkam.

Auch mein Freund und ich gingen mit je einem Spankorb zum Güterbahnhof und warteten in der Dunkelheit auf den Zug. Dort überfiel mich mit einem Mal ein Gefühl tiefer Beschämung. Wie weit waren wir gesunken, dass wir hier widerrechtlich Kohlen nahmen, die wir nicht bezahlen konnten?

Plötzlich wusste ich, dass ich so nicht weiterleben wollte. Ich musste es anders probieren!

Übermächtig stieg wieder der ins Unterbewusstsein verdrängte Wunsch in mir auf, nach Berlin zu gehen und meine abgebrochene Berufsausbildung zu beenden. Zwar war mir klar, dass es in Berlin kaum besser aussah, im Gegenteil, aber ich hoffte, wieder im Krankenhaus wohnen zu können und damit in gewisser Weise versorgt zu sein.

Vor allem aber wollte ich zu meiner Mutter. Ich

hatte sie seit März 1944 nicht mehr gesehen, und bei Kriegsende war unsere Verbindung völlig abgerissen. Bislang hatte sich der Postverkehr zwischen den Besatzungszonen noch nicht normalisiert, und ich war weiterhin ohne Nachricht. Dabei war inzwischen 1948!

Auch wenn ich keine Adresse von ihr hatte, musste ich sie suchen – jetzt oder nie. Es sollte eine abenteuerliche Reise werden.

Auf dem Rathaus in Spaichingen beantragte ich einen Passierschein für die westlichen Besatzungszonen, was zu diesem Zeitpunkt bereits wieder völlig unproblematisch war. Aber wie kam ich beim Grenzübergang Helmstedt-Marienborn ohne Transiterlaubnis durch die sowjetische Zone und wieder in die Westsektoren? In Spaichingen erhielt ich eine solche Genehmigung jedenfalls nicht. Ich hoffte darauf, sie vielleicht beim Grenzübertritt zu bekommen.

Auf Schleichwegen nach Berlin

War es schon grundsätzlich mit Problemen und vielen Formalitäten verbunden, aus den Westzonen nach Berlin zu fahren, so hatte ich mir für meine Reise das denkbar schlechteste Datum ausgesucht.

Es war der 24. Juni 1948, und genau an diesem Tag sperrten die Sowjets alle Zufahrtswege über Straßen, Schienen und Wasser nach Berlin. Sie wollten die inmitten ihres Machtbereichs liegenden Westsektoren aushungern und damit deren Eingliederung in die sowjetische Besatzungszone erzwingen. Die Blockade war die unmittelbare Reaktion auf die Währungsreform und die Einführung der Deutschen Mark, erst in den Westzonen und genau an diesem Tag auch in den Westsektoren Berlins, durch die die Sowjets ihre eigenen Pläne durchkreuzt sahen.

Aber Stalin hatte seine Rechnung ohne die Amerikaner und die Berliner gemacht. Die einen zeigten Durchhaltewillen, die anderen errichteten mit Hilfe der Briten eine Luftbrücke und schickten ihre berühmt gewordenen »Rosinenbomber«, mit denen sie die Versorgung der Stadt aufrechterhielten. Nach elf Monaten gab der russische Diktator nach, und Westberlin blieb ein Teil der freien Welt.

An diesem Junitag 1948 aber war ich zwischen die Fronten geraten und saß in Helmstedt in der britischen Zone fest. Zwar galt die Blockade dem Gütertransport und nicht dem Personenverkehr, doch in diesen ersten Stunden fuhr kein Interzonenzug, und niemand wusste, wie es weitergehen würde. Selbst von einem bewaffneten Konflikt wurde geredet.

Was sollte ich tun? Umkehren wollte ich nicht, aber weiter konnte ich auch nicht. Müde, hungrig und verzweifelt saß ich inmitten fremder Menschen, die ebenfalls auf dem Bahnsteig warteten, und fühlte mich so einsam, als hätte ich mich selbst verloren.

In dieser Situation sprach mich eine Frau mittleren Alters mit einem Vertrauen erweckenden Gesicht an und fragte freundlich, ob sie mir helfen könnte. Ungläubig und dankbar griff ich nach diesem Rettungsanker.

»Wo wollen Sie denn hin? Sie können mir vertrauen, ich werde einen Weg finden und Ihnen helfen«, sagte die Frau. »Aber zunächst brauchen Sie etwas Warmes zu essen. Kommen Sie mit mir.«

Es war nicht weit vom Bahnhof zu ihrer Wohnung, und als wir in die Küche traten, sah ich am Tisch einen jungen Mann in verschlissener Wehrmachtsuniform sitzen. Er sah aus, als wäre er gerade aus der Gefangenschaft zurückgekehrt.

Während sie eine Suppe auf den Herd stellte, begann sie zu erzählen. Sie wartete noch immer auf ihren Mann, der in Russland gefangen genommen worden war. Während die Gefangenen der Amerikaner und Briten schon längst zu Hause waren, sollte sich die Heimkehr der russischen Kriegsgefangenen weiterhin verzögern.

Täglich ging meine Wohltäterin mit anderen Frauen hoffnungsvoll zum Bahnhof und hielt an einer

Stange ein Schild mit dem Namen und Foto ihres Mannes hoch. Dort hatte sie den jungen Mann entdeckt, der abseits und verzweifelt an eine Mauer gelehnt saß. Eigentlich hatte sie ihn nur fragen wollen, ob er ihren Mann kannte, aber dann hatte sie seine Hoffnungslosigkeit bemerkt. Der junge Mann, unverkennbar ein Heimkehrer, fragte sie, wohin er denn gehen sollte, in welche Zone? Wie sollte er seine Angehörigen in dieser Trümmerlandschaft finden? Er tat ihr leid, und sie hatte ihn mit nach Hause genommen. Jetzt sollte er mir helfen.

Draußen war es inzwischen dunkel geworden. Der junge Mann stand auf und sagte: »Kommen Sie, ich kenne einen Weg, wie Sie von Helmstedt nach Marienborn hinüberkommen.«

In dieser Region wurde damals noch viel Braunkohle im Tagebau gefördert, und zwischen dem Abbaugebiet und dem Kraftwerk, für das die Kohle bestimmt war, verkehrte eine kleine Bahn mit Loren. Dort würde er mich einem Lokführer übergeben, nachdem er mich über die »grüne Grenze« geschmuggelt hatte.

Schweigend und von Angst und Zweifeln geplagt, trottete ich neben ihm her. Meinen Koffer hatte ich bei der freundlichen Frau zurückgelassen in der vagen Hoffnung, heil wieder hierher zurückzufinden. Nur eine Aktentasche mit dem Nötigsten nahm ich mit.

Gespenstisch huschten Scheinwerferkegel über das Abbaugebiet. Außer mir warteten noch zwei andere Frauen darauf, dass das Beladen der Loren beendet wurde und der kleine Zug losfahren konnte. Wir standen in einer dunklen Ecke, und der Lokführer brachte uns große, schwarze Kittelschürzen, in die wir uns einhüllen mussten. Er tröstete und beruhigte uns, dass es schon gut gehen würde.

Außerdem gab er uns noch Anweisungen, wie wir uns verhalten sollten.

Wir mussten den Moment abpassen, wenn sich die Scheinwerfer drehten und das Gelände im Dunkeln lag. Als es so weit war, liefen wir rasch in geduckter Haltung zur Lokomotive, wo wir uns klopfenden Herzens am Boden niederkauerten und versuchten, uns so klein und unsichtbar wie möglich zu machen.

Die Fahrt schien endlos zu sein. Ich hatte jedes Zeitgefühl verloren – sehen konnten wir nichts. Endlich blieb die Lok stehen: Wir hatten das Gelände des Braunkohlekraftwerkes erreicht – alles schien menschenleer. Hier wurden wir bereits erwartet. Ganz offensichtlich war diese Route nicht erst seit heute ein gefragter Weg für Menschen, die nicht offiziell die sowjetische Zone passieren konnten, sondern von einem Teil Deutschlands in den anderen geschleust werden mussten. Von hier aus war es nicht mehr weit bis zum Bahnhof Marienborn, wo wir uns unter die normalen Passagiere mischen konnten.

Mein Freund hatte mir vorsorglich ein paar Schachteln Zigaretten eingepackt, die mir im Ernstfall weiterhelfen sollten. Jetzt war ich froh, mich mit der begehrten Zigarettenwährung bedanken zu können. Mein Helfer freute sich und versprach, zwei Tage später am Bahnhof auf mich zu warten.

Auf dem Bahnhof warteten im Morgengrauen

bereits eine Menge Leute. Es war hier wie drüben das gewohnte Bild. Manche fuhren sicher zur Arbeit, aber die meisten wollten vermutlich aufs Land, um dort, obwohl es streng verboten war, die letzten Wertsachen für ein paar Kartoffeln, Rüben oder – mit Glück – für etwas Schmalz einzutauschen.

Ich wartete auf den Personenzug, der über Magdeburg, Brandenburg und Potsdam nach Berlin fuhr. Vor mir lag noch eine lange Strecke ohne gültige Papiere durch von Russen kontrolliertes Gebiet.

Eine Fahrkarte hatte ich problemlos mit der im Osten noch gültigen Reichsmark kaufen können. Aber was, wenn der Fahrkartenkontrolleur mich nach meinem Ausweis fragte? Ich hatte mir vorgenommen, ein gleichgültiges, gelangweiltes Gesicht aufzusetzen, und betete im Stillen darum, dass meine Hände nicht zitterten. Aber offensichtlich schien niemand Verdacht zu schöpfen, dass ich absolut nicht hierher gehörte und heimlich die Grenze überschritten hatte. Vermutlich sah ich keinen Deut besser aus als die anderen Reisenden, und vielleicht tat auch meine eher östlich beeinflusste Sprache das Ihre. Jedenfalls wollte der Schaffner nur meine Fahrkarte sehen.

Wiedersehen mit einer fremden Stadt

Als ich endlich aufatmend am Bahnhof Friedrichstraße aussteigen konnte, blieb ich zunächst wie angewurzelt stehen. Ich sah nichts, was mir bekannt vorkam. 1943 hatte ich von der Trümmerstadt Berlin schweren Herzens Abschied genommen.

Die S-Bahn fuhr die vertraute Strecke: Friedrichstraße, Stadtmitte, Kochstraße, Hallesches Tor, dann Prinzenstraße, Kottbusser Tor, Görlitzer Bahnhof. Wenigstens daran hatte sich nichts geändert.

Staunend schaute ich aus dem Fenster – ich sah keine Trümmer mehr. Hier hatten die Frauen ganze Arbeit geleistet. Während die Männer noch nicht aus dem Krieg heimgekehrt oder gefallen waren, hatten die Frauen 1945 begonnen, die Straßen freizuschaufeln für den Bau von Trümmerbahnen, sie hatten noch verwertbare Steine sortiert und geklopft und den Schutt zu einem Berg anwachsen lassen, den sie treffend »Monte Klamotte« nannten. Sie waren in die Nachkriegsgeschichte eingegangen als »Trümmerfrauen«. Hier und da wuchsen bereits neue Häuser aus den Ruinen.

Fünf Jahre waren seit dem Abschied von meiner Mutter genau auf diesem Bahnhof vergangen, und ich fragte mich bang, ob ich sie heute finden würde. Ich beschloss, mit der Suche in unserer alten Wohngegend zu beginnen.

Am Görlitzer Bahnhof stieg ich aus und stellte erleichtert fest, dass die Lausitzer Straße wie durch ein Wunder verschont geblieben war. Nur ein paar Einschüsse an verschiedenen Hausfassaden hatte es während der Straßenkämpfe beim Einmarsch der Roten Armee gegeben. Aber unsere Wohnung, die wir einst mit so viel Liebe und Freude eingerichtet hatten, war verschlossen, der Rollladen am Fenster heruntergelassen.

Ich setzte mich müde auf die Treppe im Hausflur und bekämpfte meine aufsteigende Panik! Ich beschloss, in der Stammkneipe gegenüber nachzufragen. Was dann geschah, war so unwirklich, als wäre die Zeit stehengeblieben.

Im Halbdunkel sah ich am Tresen meine Mutter auf einem Barhocker sitzen. Sie war in dieser Nachmittagsstunde der einzige Gast. Sie rutschte von ihrem Hocker und machte langsam ein paar Schritte auf mich zu. Schweigend umarmten wir uns – es gab keine Worte für diesen Moment. Endlich, nachdem wir begriffen, dass wir uns wiedergefunden hatten, flossen unsere Tränen. Es war wie ein Erwachen aus einem langen, bösen Traum.

Meine Mutter war jetzt dreiundvierzig Jahre alt, und die Zeit hatte Spuren hinterlassen. Ihr Gesicht sah fahl und aufgedunsen aus. Ihre Gesundheit schien angeschlagen. Was sie mir später berichtete, machte diese Veränderungen verständlich. Da waren die schrecklichen Szenen beim Endkampf um Berlin gewesen – die mörderischen Straßenkämpfe, die angstvollen Tage und Nächte im Keller, Hunger und Durst sowie die ständige Angst vor Vergewaltigungen.

Wir waren Hand in Hand den kurzen Weg zu ihrer neuen Wohnung, die ebenfalls in der Lausitzer Straße war, gegangen. Wir hatten uns so viel zu erzählen nach all den Jahren, doch quälend wurde mir bewusst, dass die Zeit nicht ausreichen würde, denn ich musste schon bald wieder zurück, weil mein Passierschein für die Westzonen ablief. Aber wir trösteten uns mit dem Wissen, dass ich dabei war, meine dauerhafte Rückkehr nach Berlin in die Wege zu leiten. Alles würde gut werden – so dachte ich.

Meine Mutter hatte eine Arbeit auf dem Bezirksamt von Kreuzberg gefunden. Sie zeigte mir eine Bescheinigung vom 4. Juni 1945, die besagte, dass sie zu keiner anderen Arbeit herangezogen werden durfte. Es war nicht ungewöhnlich, dass die Siegermächte bald nach Kriegsende begannen, die unteren Ebenen der Verwaltung wieder in deutsche Hände zu geben, und meine Mutter war politisch völlig unbelastet.

Vermutlich hatte sie aufgrund ihrer neuen Tätigkeit auch bevorzugt eine neue Wohnung erhalten, nachdem die Russen die alte während ihres Einmarsches vorübergehend requiriert hatten. Jetzt lag Kreuzberg in den Westsektoren.

Nachdem ich mich am nächsten Morgen von meiner Mutter verabschiedet hatte, machte ich mich auf den Weg zum Kinderkrankenhaus in Reinickendorf. Endlich war der lang ersehnte Zeitpunkt gekommen, dort weitermachen zu können, wo ich 1944 unfreiwillig aufhören musste.

Doch mit einem Mal konnte ich mich darüber gar nicht mehr so recht freuen. Mir kam plötzlich zu Bewusstsein, dass wir alle älter geworden waren und in der Zwischenzeit zwangsläufig ganz unterschiedliche Erfahrungen gemacht hatten. Zudem war so vieles geschehen, dass es unmöglich war, die Zeit einfach zurückzudrehen.

Meine damaligen Mitschwestern waren mit der Ausbildung wahrscheinlich längst fertig, während ich noch einmal ganz von vorne anfangen und mit viel jüngeren Schülerinnen lernen und arbeiten musste.

In solch besorgte Überlegungen versunken, war ich bei dem großen, schmiedeeisernen Eingangstor angekommen. Gleich links sah ich die Pathologie, die bei einem schweren Bombenangriff völlig ausgebrannt war. Man hatte sie wieder aufgebaut, und auch auf dem übrigen Gelände waren keine Spuren des Krieges mehr zu sehen.

Die Zeiten, in denen wir hier bis zur Erschöpfung unter erschwerten Bedingungen gearbeitet hatten, schienen endgültig vorbei. Als ich dann vor dem Schwesternhaus stand, um mich zurückzumelden, wusste ich plötzlich, dass hier das Leben ohne mich weitergegangen war. Nichts würde mehr so sein wie früher!

Bei der herzlichen Begrüßung durch Schulschwester Lotte, die in ihrem Arbeitszimmer saß, schwanden meine Bedenken jedoch wieder. Sie erinnerte sich sofort an unser Team, das ein Zimmer mit Säuglingen betreut hatte, die an Ernährungsstörungen litten. Sie schlug mir vor, zunächst meine Mitschwestern von einst zu begrüßen. Die Anmeldeformalitäten könnten warten, meinte sie.

Gretel und Sigrid wohnten immer noch in unserem früheren Dreibettzimmer und empfingen mich freudig überrascht und mit großem Hallo. Es war, als wäre ich endlich nach Hause gekommen. Meine Zweifel begannen zu schmelzen wie Butter in der Sonne, aber nach wie vor befand ich mich in einem Wechselbad der Gefühle.

Wir saßen bis zum späten Abend zusammen und redeten, und als wir schlafen gingen, war ich fest entschlossen, mich anzumelden und meine Ausbildung endlich abzuschließen.

Am nächsten Morgen ging ich zu Schwester Lotte, um die Formalitäten zu erledigen, doch sie hatte ganz andere Sorgen und keine Zeit für mich, denn in der Nacht hatte sich die Oberin des Krankenhauses das Leben genommen – vermutlich wegen Mitwissen und Beteiligung an Euthanasiemaßnahmen im Dritten Reich.

Die Schulschwester schlug vor, die Anmeldung bei meiner endgültigen Rückkehr nach Berlin vorzunehmen. Also machte ich mich zunächst auf den Rückweg, wobei die neuerliche Fahrt ohne Papiere durch das sowjetisch besetzte Gebiet wie ein Albtraum auf mir lastete, zumal ich bei Dunkelheit an der Grenze ankommen würde. Wo sollte ich bis Tagesanbruch bleiben? Und kam ich wirklich wieder illegal mit einem Helfer in den Westen?

Abschied und Neubeginn

Obwohl die Zugfahrt erneut völlig unproblematisch verlief – ich hatte eine Fahrkarte nach Marienborn gelöst –, zerrte die Ungewissheit an meinen Nerven. Als wir die Endstation erreichten, stiegen außer mir nur noch ein paar Frauen aus. Gemeinsam gingen wir in den kleinen, spärlich beleuchteten Wartesaal und hofften auf ein Wunder oder – besser gesagt – auf unseren Schleuser.

Hin und wieder kamen russische Soldaten vorbei, die sporadisch Reisende kontrollierten. Als sie am späten Abend erneut auftauchten, waren sie ziemlich betrunken, was uns Frauen in panische Angst versetzte. Wir sprangen auf und rannten um unser Leben, denn noch immer war die Furcht verbreitet, aufgegriffen und nach Sibirien verschleppt zu werden – von Vergewaltigungen gar nicht zu reden.

Links und rechts der dunklen Straße standen kleine Häuser mit einer vorgebauten Holzveranda. Da ich keine Kraft mehr hatte, noch weiter zu rennen, kauerte ich mich mit rasendem Herzklopfen in die Ecke einer Veranda. Bis zum Morgengrauen blieb ich in meinem rettenden Versteck sitzen. Die anderen Frauen habe ich nicht mehr getroffen, und ich glaubte, dass ich in dieser Nacht einen Schutzengel gehabt hatte. »Danke, bleib weiter bei mir«, sagte ich leise vor mich hin.

Als ich wieder zum Bahnhof kam, war mein Helfer bereits da. Er hatte mich nicht im Stich gelassen, genau wie er es versprochen hatte. Am Abend hatte er mich nicht gefunden, nachdem ich weggelaufen war.

»Sie werden etwas Mut brauchen«, sagte er, »denn wir können bei Tag nicht durch das Bergwerksgelände. Einen kleinen Fußmarsch müssen Sie schon auf sich nehmen.«

Wir gingen über einen Feldweg, der zu einer Brücke führte. Entsetzt sah ich, dass diese nur noch ein Gerippe über einer tiefen Schlucht war. Es war nichts mehr übrig außer den dicken Bohlen, auf denen einstmals die Schienen gelegen hatten.

Fragend schaute der junge Mann mich an. Dann sagte er: »Trauen Sie es sich zu, dort hinüberzugehen? Sie können Vertrauen zu mir haben, denn ich habe schon viele Leute über diese Brücke geführt. Ich werde rückwärts gehen und Ihre Hand halten. Sie dürfen nicht nach unten schauen!«

Ich dachte nach. Schwindelfrei war ich, das wusste ich. Und bis zur Dunkelheit zu warten, um dann wieder durch Kraftwerk und Abbaugebiet gebracht zu werden, das wollte ich auch nicht. Wo hätte ich mich verbergen sollen – ohne Papiere? Mit dem Mut der Verzweiflung streckte ich ihm meine Hand entgegen. Und eigentlich waren die Bohlen ja auch ganz schön breit, sprach ich mir selbst Mut zu!

Mit größter Konzentration gelang mir die sichere Überquerung der Brückenreste, doch auf der anderen Seite fiel ich spontan meinem Helfer um den Hals.

Sogar meine Tasche hatte er für mich hinübergebracht, indem er sie am Gürtel befestigt hatte.

In Helmstedt holte ich meinen Koffer ab und machte mich zurück auf den Weg nach Spaichingen. Gott sei Dank war mein Passierschein noch gültig, und weitere Probleme blieben mir erspart.

Mein Freund, der ja genau wusste, an welchem Tag meine Reiseberechtigung ablief, erwartete mich bereits bei der Einfahrt des Zuges auf dem Bahnsteig. Nach der Begrüßung zog er hinter seinem Rücken einen Blumenstrauß hervor. Ich war sehr gerührt. »Du gehst nicht mehr nach Berlin zurück«, sagte er sehr bestimmt. »Wir heiraten und beginnen ein neues Leben.«

Die ganzen Zweifel und Bedenken der letzten Tage und Wochen fielen von mir ab, und ich dachte, es wäre wirklich an der Zeit, damit aufzuhören, Vergangenem nachzutrauern. Auch wirtschaftlich würde sich jetzt nach der Währungsreform hoffentlich alles zum Besseren wenden.

Im Rathaus holte ich mir erst einmal vierzig Deutsche Mark ab, die jeder Bürger seit dem 20. Juni als Startgeld ins Wirtschaftswunder erhielt. Nach meiner Rückkehr traute ich bei einem Gang durch die Stadt meinen Augen nicht mehr: Seit der Einführung der neuen Währung waren die Attrappen aus den Schaufenstern schlagartig verschwunden. Man sah jetzt Waren in den Auslagen, die man schon lange nicht mehr gesehen hatte, und die Regale waren gefüllt mit lange entbehrten Köstlichkeiten.

Es war ein unglaubliches Glücksgefühl für mich,

als ich das erste halbe Pfund Butter kaufte und keine Lebensmittelkarte mehr brauchte! Die jahrelange Zwangswirtschaft war endlich überstanden.

Nach wie vor jedoch bestand große Wohnungsnot, auch in vom Krieg weitgehend verschonten Orten, denn überall drängten sich Millionen von Flüchtlingen und Vertriebenen zusammen. In dieser Situation kam mir mein Flüchtlingsausweis zugute, mit dem ich auf dem Rathaus eine Wohnung beantragte, weil ich heiraten wollte.

Mein Antrag wurde genehmigt, denn man befolgte die alte sprichwörtliche Weisheit: »Jeder Vogel baut zuerst sein Nest, bevor er Eier legt.« Jedenfalls gab man uns beiden jungen Leuten die Chance, ein eigenes Heim zu gründen. Wir heirateten im Februar 1949, und es war eine schöne Erfahrung, dass aus dem »Ich« ein »Wir« geworden war, zumal zwei Jahre später auch noch unser Sohn Michael zur Welt kam.

Nach jahrelangen Irrfahrten wusste ich endlich, wo ich hingehörte, dass man nichts erzwingen kann, dass alles seine Zeit braucht und einen verborgenen Sinn hat.

4.

Ich sehn' mich als Kind zurücke
Und schüttle mein greises Haupt,
wie sucht ihr mich heim ihr Bilder,
die längst ich vergessen geglaubt.
Adalbert von Chamisso

Nachrichten aus Ostpreußen

Ich glaube an schicksalhafte Fügungen und auch daran, dass es mir bestimmt war, in Spaichingen mein Glück und eine wirkliche Heimat zu finden, und obwohl wir später weggezogen sind, besteht bis auf den heutigen Tag eine enge Verbindung zu dieser kleinen schwäbischen Stadt und vielen vertrauten Menschen dort.

Trotzdem habe ich Ostpreußen, das Land meiner Geburt und die Heimat meiner Gefühle, nie vergessen, auch wenn ich nie dorthin zurückgekehrt bin. Vor allem waren es die Menschen, an die ich mich mit meinen Wurzeln gebunden fühlte. Die Erinnerung an sie ist nie verloren gegangen, denn obwohl sie inzwischen fast alle tot sind, leben sie in meinem Herzen weiter – bis auf den heutigen Tag.

Der Erste, der aus der Vergangenheit zurückkehrte,

war Fritz, Omas Neffe aus Nibudzen, der eine Weile bei uns in Insterburg gelebt hatte. Als sich das Chaos der Nachkriegszeit langsam zu lichten begann, hatte er sofort über staatliche und kirchliche Suchstellen die verstreuten Familienmitglieder ausfindig zu machen begonnen.

Nachdem ich geheiratet und eine feste Adresse hatte, stand Fritz plötzlich ohne Voranmeldung mit seiner Frau vor unserer Tür. Er war so glücklich darüber, dass er mich gefunden hatte, und wollte mich mit seinem Besuch überraschen.

Von Fritz, der auch Oma und Tante Anna in der Nähe von Stralsund aufgespürt und sogar besucht hatte, erfuhren wir aus erster Hand von den schrecklichen Ereignissen in Ostpreußen.

Wie wir bereits wussten, hatte der ostpreußische Gauleiter Erich Koch lange Zeit unter Androhung der Todesstrafe der Bevölkerung verboten, die Städte und Dörfer zu verlassen und damit eine rechtzeitige Evakuierung vor Einbruch des Winters verhindert.

Viel zu spät erst, Mitte Januar, forderten Lautsprecherwagen die Menschen auf, sich nach Westen aufzumachen – zu einem Zeitpunkt, als die Straßen bereits verstopft waren von zurückweichenden Wehrmachtseinheiten.

Buchstäblich in letzter Minute hatten die Besitzer des großen Gutes in Nibudzen den größten Leiterwagen bepackt und mit einer Plane überdacht. Ida Piek lud Lebensmittel ein und Heu für die Pferde. Es brach ihr das Herz, alle anderen Tiere zurücklassen zu müssen.

Sie bot Onkel Karl und Tante Anna, mit der sie

ein fast freundschaftliches Verhältnis verband, an, mit ihr zu kommen. In Insterburg, das bereits unter Dauerbeschuss der russischen Artillerie lag, holten sie dann noch meine Großeltern und die beiden Kinder ab. Der achtjährige Detti hielt das dicke Predigtbuch und Omas Kochbuch umklammert. Viel mehr konnten sie nicht retten.

Sämtliche Kirchenglocken in der brennenden Stadt hätten beim Abschied für die Flüchtlinge geläutet, erzählte Fritz. Zum letzten Mal und als letzten Gruß! Ich musste an meinen Aufenthalt 1943 in Ostpreußen zurückdenken, als uns bereits die Ahnung beschlich, es könnte ein Abschied für immer sein. Wir alle hatten unsere Heimat unwiederbringlich verloren.

Fritz war noch in der Stadt geblieben, um Hilfe zu leisten beim Abtransport alter und kranker Menschen, und war dann ganz zum Schluss auf abenteuerliche Weise in den rettenden Westen gelangt. Familie Piek und ihre Weggefährten schlossen sich einem Treck an, der unter unsäglichen Strapazen auf schneeverwehten Nebenstraßen und bei eisiger Kälte an Königsberg vorbeizog, um das Hafenstädtchen Pillau auf der Kurischen Nehrung zu erreichen. Da der Landweg inzwischen teilweise durch die Rote Armee abgeschnitten war, blieb vielen nur der Weg über das zugefrorene Haff. Viele Fuhrwerke brachen im Eis ein und versanken.

Die Tragödien, die sich auf den Trecks abspielten, waren beispiellos und unausdenkbar. Opa mit seiner ohnehin angeschlagenen Gesundheit verlor darüber den Verstand. Viele ältere Menschen waren in der eisigen Kälte vor Erschöpfung gestorben. Säuglinge erfroren in ihren Kinderwagen oder in den Armen ihrer Mütter. Sie alle mussten zurückgelassen werden. Es gab keine Möglichkeit, sie zu begraben. Die Erde war hart gefroren, und der Treck musste weiterziehen, denn immer saß die Angst im Nacken, von den Russen überrollt zu werden.

In Pillau lagen Boote bereit, mit denen die Flüchtlinge in die Hafenstädte der Danziger Bucht gebracht wurden. Vor allem auf Gotenhafen, wie Gdingen in großdeutscher Zeit hieß, richtete sich die Hoffnung der verzweifelten Menschen, denn von hier aus startete die deutsche Kriegsmarine ihre groß angelegten Rettungsaktionen und brachte mit Truppentransportern und ehemaligen Kraft-durch-Freude-Dampfern ein bis zwei Millionen Flüchtlinge über die Ostsee gen Westen. Aber nicht alle ergatterten einen Platz auf den Schiffen, viele fanden den Tod, weil die rettenden Schiffe, wie die »Wilhelm Gustloff«, die »Goya« und die »Steuben«, nach Torpedotreffern sanken.

Meine Großeltern hatten Glück und erreichten eines der großen Schiffe. Mit ihren Schicksalsgenossen standen sie eng aneinandergedrängt an der Hafenmole und beobachteten, wie die elende Menschenfracht an Bord gebracht wurde. Wagen und Pferde mussten zurückgelassen werden. Um ihre Tiere nicht einem ungewissen Schicksal zu überlassen, gab die Familie Piek ihnen den Gnadenschuss. In dem lebensbedrohlichen Gedränge um einen Platz auf dem Schiff verloren sich die Weggefährten aus den Augen, bis Fritz sehr viel später Ida Piek über das Rote Kreuz ausfindig machen konnte. Oma, Opa und die Kinder sowie Tante Anna und Onkel Karl schafften es, zusammenzubleiben, und gelangten mit einem Schiff wohlbehalten über die Ostsee in den sicheren Hafen von Stralsund. Hier war Endstation, und die Flüchtlinge wurden auf die umliegenden Dörfer verteilt.

Während Tante Anna und Onkel Karl in einem Reihenhaus in Niepars ein ebenerdig gelegenes Zimmer mit Küche erhielten, wurde Omas Familie in ein kleines Bauernhaus im zwei Kilometer entfernten Duvendiek eingewiesen – einem winzigen Dorf, wo sich Fuchs und Hase gute Nacht sagten. Aber sie waren dankbar, den Kampfhandlungen und dem ständigen Tod vor Augen entronnen zu sein.

Sie bewohnten zu viert eine schmale Dachkammer. Auch wenn die jungen Bauersleute alles in ihrem Rahmen Mögliche getan hatten, war es keine komfortable Unterkunft. In dem Raum standen zwei Betten, ein Tisch, zwei Stühle und ein Kanonenofen. Eine Wasserleitung gab es nicht. Zum Essen mussten die Kinder am Tisch stehen. Notgedrungen teilte sich Oma mit Monika das eine Bett, während Opa und Detti in dem zweiten schliefen. Oma hatte keine Möglichkeit gesehen, sich um eine bessere Unterkunft zu kümmern. Die Behörden waren überfordert, die Not war groß, und jeder hatte mit sich selbst zu tun. Außerdem war der Krieg noch nicht zu Ende.

Mein Großvater sollte das Kriegsende nicht mehr erleben. Er starb am 20. April 1945 mit siebenundsechzig Jahren fern seiner Heimat und fand in der Fremde, in Duvendiek, seine letzte Ruhestätte.

In memoriam meine Großmutter

Als Fritz uns diese erschütternden Nachrichten von der Flucht überbrachte, sollten noch zwei Jahre vergehen, bis ich meine Großmutter wiedersah.

Sie lebte seit der Einteilung Deutschlands in Besatzungszonen im russischen Einflussbereich, der Ostzone, wie man damals sagte. Reisen von hier nach da waren kaum möglich, zumindest sehr schwierig, und zudem hatte ich damals ein Kleinkind zu betreuen. Aber zumindest konnten wir uns jetzt schreiben und die lang entbehrte Vertrautheit wieder aufleben lassen.

Doch während es bei uns im Westen beständig aufwärts ging, war auf der anderen Seite des Eisernen Vorhangs die Versorgung trostlos. Seit wir wieder Kontakt hatten, versuchte ich, Großmutter und die Kinder nach Kräften zu unterstützen, und schickte ihnen Lebensmittelpäckchen, doch das waren nur Tropfen auf den heißen Stein.

Sie hatte mir geschrieben, dass sie in einem Käfig unter dem Tisch zwei Hühner hielt, für die die Bauersfrau ihr ein wenig Gerste abgab. Wenn sie mittags nicht satt geworden waren, suchte Oma mit den Kindern auf einem Acker nach ein paar vergessenen Karotten.

Ihr größter Kummer nach dem Tod ihres Mannes war es, als Monika ihr weggenommen wurde. Sie schrieb in einem Brief im Juni 1950, dass die leibliche Mutter sich plötzlich gemeldet und ihre Tochter zurückgefordert hatte. Sie war juristisch im Recht, doch dass es menschlich eine Tragödie für Monika war, interessierte die ohnehin überlasteten Behörden nicht.

Monika lebte nun bei einer ihr völlig fremden Frau. Ihre Briefe an Oma wurden nicht abgeschickt. Alles, was meiner Großmutter von ihrem Pflegekind blieb, war ein Foto, das sie zur Erinnerung in Stralsund hatte machen lassen. Zu diesem Zweck hatte Monika noch ein schönes neues Kleid bekommen.

Später, sehr viel später erfuhr ich, wie es weitergegangen war mit Monika.

Irgendwann hatte sie sich geweigert, bei ihrer Mutter zu leben, und war in ein katholisches Kinderheim gekommen, wo man sehr gut zu ihr war. Nach vier Jahren hatten sich neue Pflegeeltern für sie gefunden, und sie lebte bis zu ihrer Heirat auf einem Bauernhof. Nun hatte sie plötzlich eine Tante Frieda und einen Onkel Karl.

Omas Leben war nicht denkbar ohne die Kinder, für die sie sich aufopferte. Außer mir und Monika war das vor allem Detti.

Ich glaube, dass über seinem Leben – anders als bei uns Mädchen – von Anfang an kein guter Stern gestanden hatte, und trotzdem war es ihm bestimmt, vielen Menschen Freude zu schenken. In einem Brief vom Mai 1953, kurz nach Dettis Konfirmation, klang Oma erstmals besorgt:

Freitag, den 15. Mai, muss er zur Untersuchung

(Tbc). Ist sehr möglich, dass er verschickt wird. Ich kann mir gar nicht denken, wovon er Tbc hat. Das sind wohl die Jahre, wo wir kein Fett und Milch für die Kinder hatten.

Ohnmächtig stellte ich fest, dass ich nicht helfen konnte. Duvendiek lag weit außerhalb meiner Einflussmöglichkeiten.

Oma war mit Detti am nächsten Morgen ins Krankenhaus nach Stralsund gefahren, und man hatte ihn gleich dort behalten. Für die alte Frau brach eine Welt zusammen.

Ich wusste, dass es jetzt für mich an der Zeit war, meiner Großmutter beizustehen, und ich beantragte eine Reisegenehmigung, aber es war kein schöner Anlass für das seit Langem herbeigesehnte Wiedersehen.

Hinzu kam, dass ich zur gleichen Zeit die Mitteilung erhielt, dass meine Mutter mit einer schweren Lungenentzündung in ein Berliner Krankenhaus eingeliefert worden war. Ihr Zustand war so kritisch, dass man sie unter ein Sauerstoffzelt legen musste. In dem Brief stand, es wäre ratsam, wenn ich so schnell wie möglich kommen könnte.

Ich beschloss, die beiden Besuche miteinander zu verbinden, ließ alles stehen und liegen und gab meinen kleinen Sohn in die Obhut einer lieben Nachbarin. Mein Mann befand sich zu dieser Zeit auf einer Geschäftsreise, und ich hoffte, er würde Verständnis für meine Entscheidung haben. Ich steckte mein gesamtes Wirtschaftsgeld für einen Monat in die Tasche und fuhr los.

Unterwegs dachte ich immer wieder daran, wie

viele Menschen früher an dieser Krankheit gestorben waren, an der Detti litt. Aber musste das heute noch so sein?

Zunächst fuhr ich nach Berlin und saß angstvoll und mit großer Sorge am Bett meiner Mutter, sprach leise und beschwörend mit ihr und hoffte, dass meine Worte zu ihr durchdrangen.

Nachdem sich ihr Zustand zu stabilisieren schien, beschloss ich, am nächsten Tag zu meiner Großmutter weiterzufahren. Ich nahm den Regionalzug nach Stralsund, der in jedem Dorf hielt. Genervt dachte ich, welch riesiger Zeitverlust das war, zumal ich ohnehin nicht lange bleiben konnte, denn zu Hause wartete mein Kind auf mich.

Am Bahnhof in Stralsund schaute ich mich ratlos um – ein Taxi, bei uns im Westen eine Normalität, war nicht zu sehen. Zum Glück bemerkte ein Bauer, der mit seinem Pferdefuhrwerk am Bahnhof stand, meine Verzweiflung und fragte, wohin ich denn wollte. Nach Duvendiek sagte ich, und da stellte sich heraus, dass es Omas Hauswirt war. Ich hatte wieder einmal Glück im Unglück.

Als wir ankamen, werkelte meine Großmutter vor der Tür herum. Sie stand wie zur Salzsäule erstarrt da, als ich vom Wagen kletterte.

»Herrje, Herrje!«, war alles, was sie herausbrachte. Weinend umarmten wir uns. Doch dann fiel ihr, typisch Oma, sofort ein, dass ich Hunger haben musste, und sie machte sich umgehend daran, ein paar Kartoffeln zu schälen und mir ihre köstlichen Kartoffelpuffer zu braten, die ich zu Hause immer so gerne gegessen hatte.

Ich saß auf dem Bett und schaute ihr zu. Dabei bemerkte ich ihre dick geschwollenen Füße in den Filzpantoffeln. Wasser, dachte ich entsetzt, aber nirgends sah ich Medikamente stehen und wusste plötzlich, dass ich gerade rechtzeitig gekommen war, um sie noch einmal wiederzusehen. Jede Minute wollte ich ausnutzen, die ich bei ihr sein konnte, denn vermutlich würde es das letzte Mal sein.

Es tat uns beiden unendlich gut, über zu Hause und meine Kindheit in Insterburg, über Opa, Detti und Monika zu sprechen. Ihre Gedanken drehten sich vor allem um Detti – sie hoffte so sehr, dass er bald aus der Klinik entlassen wurde.

Wir hätten uns noch so viel zu sagen gehabt, aber erbarmungslos verrann die Zeit. Ich musste zurück, noch heute, denn ich hatte nur ein Tagesvisum beantragt. Ich musste den ganzen Weg zum Bahnhof zu Fuß laufen – das erste Stück ging ich rückwärts auf der schnurgeraden Straße, denn ich wollte meiner Großmutter nicht den Rücken zudrehen, ich wollte sie nicht aus den Augen lassen bei diesem Abschied für immer. Als ich sie nur noch als kleinen Punkt erkennen konnte, setzte ich mich in den Straßengraben und weinte.

Omas Uhr war abgelaufen. Sie erlebte noch, dass Detti aus dem Krankenhaus entlassen wurde. Eines Nachts bat sie ihn, ihr ein Glas Wasser zu bringen, doch bis er mit dem Wasser an ihr Bett kam, hatte sie den letzten Atemzug getan. Es war die Nacht zum 13. Juni 1953.

Am nächsten Tag teilte mir Tante Anna die traurige Nachricht mit.

Du hast noch nie einen Brief von mir bekommen, aber ich muss dir die traurige Nachricht mitteilen, dass die liebe Oma am 13. Juni nachts um halb drei für immer eingeschlafen ist. Herzschlag, wer hätte das gedacht, sie hat doch immer gearbeitet, ihren Haushalt besorgt, bloß die Beine wollten nicht mehr recht … Oma hat einen schönen Tod gehabt, aber für uns zu schwer, morgen ist die Beerdigung, für Detti ein harter Schlag, nun steht der arme Junge alleine … Er gefällt mir gar nicht, er sieht so blass aus. So lange ich kann, will ich für ihn sorgen.

Wiedersehen mit Detti

Detti war bald nach meinem Abschied von Oma aus dem Krankenhaus als bedingt gesund, wie es hieß, entlassen worden. Von »geheilt« war in den Arztberichten nicht die Rede. Vielleicht war es eine Kostenfrage gewesen.

Er war jetzt bald fünfzehn Jahre, doch das Schicksal schien für ihn kein normales Leben vorgesehen zu haben.

Sorgenvoll fragte ich mich, wie es mit ihm weitergehen sollte. Bei Tante Anna und Onkel Karl war nicht genug Platz, aber immerhin übernahm Omas Schwester die Vormundschaft, verwaltete seine Waisenrente und kümmerte sich um Behördengänge, seine Wäsche und anderes mehr.

Allerdings hatte er kein besonderes Verhältnis zu Tante Anna, denn er vermisste bei ihr Omas Herzenswärme und konnte nicht vergessen, dass sie ihre Schwester immer wieder aufgefordert hatte, die fremden Kinder wegzugeben.

Zunächst konnte Detti kostenfrei in der Dachkammer in Duvendiek bleiben und half dafür dem Bauern in der Landwirtschaft. Einige Monate später, im November, musste er wieder ins Krankenhaus, denn sein Lungenbefund hatte sich verschlechtert. Verzweifelt schrieb er mir und bat um Hilfe:

Der Arzt ist wohl gut, aber er will fast alle operativ behandeln, so sehe ich mich dann auch gezwungen, mich bald operieren zu lassen.

Das will ich aber durchaus nicht. Ich bitte Euch, schickt mir doch Tabletten, die werden doch irgendwie aufzutreiben sein ...

Welche Verzweiflung und Einsamkeit in schlaflosen Nächten, welche Todesangst klangen aus diesen Zeilen?

Bereits im Sommer hatte ich dem zuständigen Stationsarzt in einem Brief angeboten, Tabletten zu schicken, hatte jedoch eine ablehnende Antwort erhalten. Mir wurde mitgeteilt, dass »in Bezug auf die ärztliche und medikamentöse Versorgung des Kindes Nils-Detlev Schulz von hier aus alles getan wird, was möglich ist, um eine Gesundung auf beste und schnellste Weise zu gewährleisten«. Die von mir vorgeschlagenen Medikamente stünden in der DDR in ausreichender Menge und in derselben Güte zur Verfügung, hieß es weiter.

Stimmte das wirklich oder war es falscher Stolz, einen bestehenden Mangel aus politischer Linientreue nicht zuzugeben?

Jedenfalls schickte ich trotz der Absage Medikamente, die jedoch nicht mehr zum Einsatz kamen. Man hätte sowjetische Mittel, die besser wirkten, erklärte man Detti. Wie auch immer – ob mit Hilfe west- oder ostdeutscher Tabletten –, der Gesundheitszustand des Jungen besserte sich.

In der Stralsunder Lungenheilstätte wurde nach Kräften versucht, Detti ideologisch auf Kurs zu bringen – nicht nur, was die vorgeblich besseren Medikamente anging.

Nachdem wieder einmal seine Entlassung anstand, erhob sich die Frage, was aus ihm werden sollte. Eigentlich hätte er das Zeug für eine höhere Schule gehabt, aber seine Krankheit und Omas Tod hatten diese Pläne durchkreuzt. Jetzt wollte er Elektriker werden, und ich hatte mich angeboten, in unserer Nähe eine Lehrstelle zu suchen. In der Klinik gab man sich alle Mühe, den Westen schlecht zu machen. Im April 1954 schrieb er in einem Brief:

Ich möchte Elektriker werden. Aber ich habe keine Hoffnung, dass es euch gelingen wird, eine Lehrstelle für mich zu finden.

Die Hoffnungslosigkeit sehe ich darin begründet, dass es bei euch im Westen so viele Arbeitslose gibt. Aber wenn Ihr etwas finden solltet, dann komme ich gerne …

Ich war empört, wie man Detti so etwas einreden konnte. Damals, in den Zeiten des bundesdeutschen Wirtschaftswunders, herrschte gewiss keine Arbeitslosigkeit. Im Gegenteil – jede Hand war beim Aufbau gefragt. Aber man setzte im Osten alles daran, die Jugend zu manipulieren, damit sie der DDR, wie es schon geschah, nicht in Scharen den Rücken kehrte, um am westlichen Aufschwung teilzuhaben.

Doch ich hielt an meinem Vorsatz fest und gab eine Reihe von Inseraten auf, in denen ich für einen »intelligenten, elternlosen Jungen« eine Lehrstelle suchte.

Wichtig war mir dabei vor allem, dass sich eine

Möglichkeit in einer Familie bot, wo Detti Anschluss erhielt. Deshalb las ich die zahlreichen Zuschriften mehr mit dem Herzen als mit dem Verstand.

Meine Wahl fiel auf einen Elektromechanikermeister aus dem pfälzischen Berg. Als dann nach der ersten Kontaktaufnahme auch noch ein ganz lieber, ausführlicher Brief von der Frau des Meisters eintraf, war ich überzeugt, dass das Ehepaar Glawon und Detti füreinander bestimmt waren. Sogar seine Krankheit war kein Hinderungsgrund. Ich atmete erleichtert auf, denn in Berg würde Detti alles finden, was er brauchte und was ich für ihn so dringend suchte.

Die Familie, die aus Schlesien stammte, gab mir obendrein noch nützliche Hinweise, wie ich Detti aus der DDR herausschleusen konnte. Es wäre am besten, den Umzugsplan dort gar nicht zu erwähnen, sondern zunächst nur einen Besuch zu arrangieren, rieten sie mir und boten sich sogar an, die Reisekosten zu tragen.

Verschlüsselt übermittelten wir Detti diese Botschaft. Er verstand sofort und beantragte in Stralsund die Genehmigung, mich – seine Pflegeschwester – besuchen zu dürfen. Die Behörden schöpften keinen Verdacht und stellten die Papiere aus.

Wir holten ihn in Helmstedt ab. Er war noch ein Kind gewesen – fünf Jahre alt –, als wir uns in Insterburg 1943 zum letzten Mal gesehen hatten.

Ich entdeckte ihn gleich, nachdem er ausgestiegen war. Er blieb einfach wartend stehen. Groß, schmal und blass, mit einem schüchternen Lächeln sah er mich an. Ich musste um Fassung ringen, ging auf ihn zu und umarmte ihn.

Mein Mann schob mich zur Seite, umarmte Detti ebenfalls und tat in dieser Situation das einzig Richtige. »Du wirst Hunger haben nach der langen Reise, jetzt gehen wir erst mal was essen«, sagte er.

Der Bann war gebrochen.

Wir nahmen ihn mit zu uns nach Hause. Er sprach viel von Oma und wie schwer sein Leben ohne sie geworden war. Ich erzählte ihm, dass er in seiner neuen Heimat schon freudig erwartet würde.

Am nächsten Tag brachten wir ihn in die Pfalz. Elisabeth Glawon umarmte den überraschten Jungen und führte ihn zu seinem Platz am gedeckten Kaffeetisch. Vor dem Teller lag eine schöne Karte, auf der mit großer Schrift »Herzlich willkommen« stand.

Detti war verlegen. »Hm, Streuselkuchen«, war das erste Wort, das er zur allgemeinen Heiterkeit herausbrachte. Seine neue Pflegemutter sah gleich, dass er untergewichtig war und mit gesunder Kost, viel Milch und Obst aufgepäppelt werden musste.

Bevor wir schweren Herzens wieder Abschied nahmen, zeigte Detti mir noch sein Zimmer. Die Abendsonne schien durch das Fenster, und die letzten Strahlen fielen auf seinen Koffer, der auf dem Bett lag. Detti stand im Gegenlicht. Er öffnete den Koffer, und mein Herz machte einen Sprung. Ich erkannte das große Predigtbuch, das wir immer »unsere Bibel« genannt hatten. »Sie gehört dir«, sagte er und streckte sie mir entgegen.

In diesem Moment habe ich mich meiner Tränen

nicht geschämt. Er war so selbstlos. Immerhin hatte er das Buch auf der Flucht wie seinen Augapfel gehütet. Er hatte das gleiche Anrecht darauf wie ich, denn auch er hatte als Kind auf Opas Schoß gesessen und die farbigen, mit Seidenpapier geschützten Bilder betrachtet.

Nun hatte er es noch einmal eingepackt – als letzten Gruß von den Großeltern und als Zeichen unserer Verbundenheit. Die Sonne war untergegangen, und draußen wurde es langsam dunkel. Ich nahm seine Hände und sagte zum Abschied: »Detti, ich werde die Bibel hüten. Sie verbindet uns beide mit Oma und Opa und bleibt unser gemeinsames Eigentum.«

Wieder zu Hause, betrachtete ich die Familienbibel. Oma hatte bereits Opas Todesdatum vermerkt, ich musste jetzt noch ihren Tod nachtragen. Ich beschloss, dass dieses Buch künftig Zeugnis ablegen sollte von Leben und Tod, Werden und Vergehen, denn zu diesem Zweck hatte ein damals achtjähriger Junge es auf die Flucht aus unserer Heimatstadt Insterburg in Ostpreußen mitgenommen.

Dettis Vermächtnis

In der folgenden Zeit dachte ich oft zurück an Detti. Es waren nur wenige Wochen gewesen, die ich mit ihm vor meinem Umzug nach Berlin in Insterburg verbracht hatte, aber das Kind, das wir damals in meinem Puppenwagen aus der Frauenklinik abgeholt hatten, war mir ans Herz gewachsen wie ein richtiger Bruder. Ich hätte ihn so gerne öfter besucht, aber ich besaß kein Auto, und mit der Bahn war die Fahrt für einen Tag zu lang.

Wir blieben jedoch in ständigem Kontakt, und auch Frau Glawon sandte regelmäßig Berichte. Es schien ihm gut zu gehen, er nahm zu und besuchte zusätzlich zur Lehre eine Fachschule. Meine unterschwelligen Ängste um seinen Gesundheitszustand begannen langsam zu schwinden. Aber bald schon wurden all unsere Freude und Hoffnung durch einen erneuten Ausbruch dieser heimtückischen Krankheit zunichte gemacht.

Unzählige Menschen müssen mit ihren Angehörigen Krankheit und Leid bis zur bitteren Neige tragen, aber den Schmerz trägt jeder für sich allein.

Im März 1955 teilte mir Elisabeth Glawon mit, dass sie Detti in eine Heilstätte nach Heidelberg bringen wollten, wo man vielleicht korrigieren konnte, was in Stralsund versäumt worden war. Eine Operation schien jetzt unausweichlich.

Schon vier Wochen macht er jetzt Liegekur. Aber ein junger Bengel voll Lebensmut – manchmal singt er, dann weint er, dann tanzt er im Zimmer umher. Was soll er treiben, damit er seine Gedanken zerstreut? … Hoffentlich wird alles bald gut. Wir hatten uns so gefreut, dass er sich in allem hervorragend ausgezeichnet hat, aber er wird es dann wieder, verspricht er mir.

Doch trotz Liegekur und absoluter Ruhe erlitt Detti vier Wochen später einen schweren Blutsturz. Er kam ins Krankenhaus nach Heidelberg, doch die geplante Operation musste verschoben werden, weil sein Allgemeinzustand zu schlecht war. Seine Pflegemutter berichtete mir von seiner Verzweiflung, wie ungerecht das Leben mit ihm umging:

Zu Hause sagte er schon – was er wolle, das dürfte er nicht, er hat sich so auf die Oberschule gefreut, und dann starb die Oma, jetzt wollte er lernen und wieder nichts! So hat ihn mein Mann getröstet … Und kann kommen, wie es will, so gehört Detti jetzt zu uns, darauf kann er sich fest verlassen. Wir werden ihn nie alleine lassen, wenn er Hilfe braucht.

Auch im Januar 1956 hatten sich Dettis Gesundheitsstand sowie seine seelische Verfassung noch nicht gebessert. Seine Worte klangen trostlos und resigniert:

Manchmal denke ich, es ist leichter, die Rüben von unten zu sehen, als Briefe zu schreiben. Es wäre leichter, wenn man sterben würde, als krank weiter zu leben … vom Leben weg und am Vegetieren nah dran.

Es geht alles nach der Uhr (Gong), das Aufstehen, das Essengehen und die Liegekur sowie Auslauf.

Die Hüter der Ordnung sind die Ärzte mit ihren Untergebenen, den Schwestern. Sie verhängen Verbote, Sperren und geben Ratschläge und schmeißen fort, was sich nicht fügen will. Sagt selbst, ist das ein Leben oder keins?

Der neuerliche Rückschlag hatte all seine Hoffnungen auf eine schöne und erfüllte Zukunft in nicht absehbare, nebelhafte Ferne gerückt. Wer sollte da seine Ungeduld und Enttäuschung nicht verstehen?

Dettis Geduld wurde auf eine harte Probe gestellt. Die Ärzte wagten nicht, ihn bereits zu entlassen. Sie hatten einen Bericht aus Stralsund angefordert, aus dem klar hervorging, dass er dort zu früh – also nicht ausgeheilt – nach Hause geschickt worden war. Diesen Fehler wollten sie nicht wiederholen.

Nach drei Jahren Krankheit mit beständigem Auf und Ab zeigte sich, dass die Tablettenkuren immer nur eine kurzfristige Besserung bewirkten. Wo wäre er jedoch ohne Tabletten, meinte Detti in einem Brief.

Inzwischen war er gegen alle gängigen Wirkstoffe resistent, aber nach wie vor wollten die Ärzte die Operation nicht wagen, weil seine Abwehrkräfte zu sehr geschwächt waren und sein Zustand für eine Operation nicht stabil genug schien.

Ein weiteres Jahr verging, ohne dass sich entscheidend etwas veränderte. Immer wieder musste der rettende chirurgische Eingriff verschoben werden. Den Glawons, die Detti regelmäßig besuchten, gelang es kaum noch, seine trüben Gedanken zu vertreiben. In dieser Zeit gewannen Gedichte eine große Bedeutung für ihn, aus denen die Sehnsucht nach einem noch nicht gelebten Leben sprach und die genau seine damalige Verfassung widerspiegelten.

Rainer Maria Rilke war einer seiner Lieblingsdichter, in dessen Versen er seine eigenen Träume wiedererkannte:

Wirf dich in die blauen Fernen
wie der Pfeil vom Bogen schnellt,
in die Himmel zu den Sternen,
in die Herrlichkeit der Welt.

Auch ein anderes Rilke-Gedicht liebte er, das mit den Zeilen beginnt:

Du musst das Leben nicht verstehen,
dann wird es werden wie ein Fest.
Und lass' dir jeden Tag geschehen,
so wie ein Kind im Weitergehen
von jedem Wehen sich viele Blüten schenken
lässt …

Doch immer mehr musste Detti erkennen, dass seine Wünsche und Träume sich nicht erfüllen würden. Das Leben machte ihm kein Geschenk mehr.

Er begann sich damit abzufinden, doch er war zu jung, um sich nicht gleichzeitig gegen sein Schicksal aufzubäumen und verzweifelt nach dem letzten Rest Leben zu greifen.

In dieser letzten Phase las er immer wieder Gottfried Kellers »Abendlied«, das diesen Zwiespalt mit schlichten Worten zum Ausdruck bringt.

Augen, meine lieben Fensterlein,
gebt mir schon so lange holden Schein,
lasset freundlich Bild um Bild herein:
Einmal werdet ihr verdunkelt sein!
...
Doch noch wandle ich auf dem Abendfeld,
nur dem sinkenden Gestirn gesellt,
trinkt, oh Augen, was die Wimper hält
von dem goldnen Überfluss der Welt!

Aber der Tod hatte schon leise die Tür geöffnet und wartete auf die Gelegenheit, Nils-Detlev, unseren Detti, an die Hand zu nehmen und hinauszuführen.

Dann schlug die Tür plötzlich zu. Detti hatte die Operation, für die sich die Ärzte dann in letzter Minute noch entschieden und auf die er so große Hoffnungen setzte, nicht überstanden.

Er starb am 3. Februar 1959 in Heidelberg und wurde in Berg, dem Wohnort der Familie Glawon, beerdigt.

Sie hatten ein Kind verloren, das sie voller Liebe in ihr Leben aufgenommen hatten und das zu ihrem Lebensinhalt geworden war. »Wir hatten nur kurze Zeit sein Heute«, schrieb seine Pflegemutter, »und der liebe Gott hat jetzt das Morgen, seine Zukunft, und in seiner Hand geborgen ist Detti über alles reich.«

Dettis Vermächtnis sind die Briefe und Berichte über sein Leben, die ich in einer Mappe aufgehoben habe. In seinen Unterlagen befanden sich Fotos, die ich ihm im Laufe der Jahre geschickt hatte, um ihn an meinem Leben teilhaben zu lassen. Er hatte sie alle aufgehoben, ebenso ein Foto von Monika, und ich erkannte schmerzlich, was sie ihm bedeutet und wie sehr er sich und sie als Teil unserer Familie empfunden hatte.

Er war mein kleiner Bruder gewesen und Monika unsere kleine Schwester. Es war, als hätte er mir den Auftrag gegeben, mich um Monika zu kümmern. Also machte ich mich auf die Suche nach ihr. Ich sollte sie erst 2005 finden.

Das Intarsienkästchen

Nach Dettis Tod kam es mir so vor, als würden nacheinander alle Menschen, die mich mit meinem alten Leben, mit meiner alten Heimat verbanden, wegsterben. So war es ja auch – erst Opa, dann Oma und nur ein paar Jahre später Detti, schließlich Tante Anna und Onkel Karl sowie ihr Neffe Fritz, der so energisch und unermüdlich nach dem Krieg dafür gesorgt hatte, dass sich die Familie wiederfand.

Der bitterste Verlust für mich war jedoch der Tod meiner Mutter.

Ein Anruf, kurz und schonungslos, erreichte mich im April 1973 – man fand sie, nachdem die Nachbarn sie drei Tage nicht mehr gesehen und die Feuerwehr alarmiert hatten.

Sie hatte nie geheiratet, und ihr Verhältnis zu Geld und Zeit war oberflächlich geblieben. Sie war nie von großen Ambitionen erfüllt gewesen, Äußerlichkeiten schienen ihr nicht so wichtig, dafür umso mehr ihre Freiheit.

Ich habe mich oft gefragt, wenn ich über ihr Leben nachdachte, ob es anders verlaufen wäre ohne den Umstand, ein uneheliches Kind geboren zu haben. Hatte sie vielleicht aus Enttäuschung, dass mein Vater sie im Stich gelassen hatte, nie mehr ernsthaft eine Heirat in Erwägung gezogen?

Nun saß ich im Flugzeug nach Berlin, um sie auf ihrem letzten Weg zu begleiten. Es war eine Maschine der British Airways, und unwillkürlich musste ich daran denken, dass vor dreißig Jahren britische Flugzeuge ihre Bomben über der Stadt abgeladen hatten. Ich meinte, wieder die Warnung im Rundfunk zu hören: »Die Spitze fliegt den Norden Berlins an« – dann wussten wir im Kinderkrankenhaus, dass es höchste Zeit war, die Babys in den Keller zu schaffen. Wie in Trance saß ich in der Maschine.

Der Himmel war klar, und der Flug war ruhig. Meine Gedanken kehrten zurück zu meiner Berliner Zeit. Als wir vor der Landung über dem Flughafen Tempelhof eine Warteschleife flogen, starrte ich hinunter auf die Stadt, die wie Phönix aus der Asche auferstanden war.

Beim Landeanflug sah ich die »Hungerkralle«, wie die schnoddrigen Berliner das Mahnmal zur Erinnerung an Blockade und Luftbrücke nannten. Dankbarkeit überkam mich, dass ich die Kriegszeit heil überstanden hatte, doch zugleich erfasste mich eine tiefe Traurigkeit, weil nichts mehr so sein würde, wie es früher einmal war.

Ich nahm ein Taxi und fuhr in die Lausitzer Straße zur Wohnung meiner Mutter. Im Haus nebenan befand sich ein Bestattungsunternehmen. Der Inhaber hatte meine Mutter gekannt, und er erinnerte sich auch an mich. Jetzt hatte er sie eingesargt und riet mir ab, sie noch einmal anzusehen.

Eine Freundin meiner Mutter hatte die Beerdigung organisiert und den Sarg ausgesucht – einen schönen und »keenen Neesenquetscher«, wie sie betonte. Mit vielen Blumen und Kränzen geschmückt, stand er jetzt in der Kapelle des Emmaus-Friedhofes. Der Name passte, denn meine Mutter hatte Emma geheißen.

Mir kam es vor, als hätte sich die halbe Lausitzer Straße zur Trauerfeier eingefunden, und es tat mir wohl, zu sehen und zu hören, dass meine Mutter sehr beliebt gewesen war. Ihr Tod hatte mich noch einmal zurückgeholt nach Berlin, in unsere gemeinsamen Jahre, die jetzt wie Schemen an mir vorbeiglitten. Schmerzlich fühlte ich, dass mit ihr wieder ein Teil meines Lebens unwiederbringlich begraben wurde.

Zum Abschied erklang ihr Lieblingslied: »Alle Tage ist kein Sonntag, alle Tag' gibt's keinen Wein … Und wenn ich einst tot bin, sollst du denken an mich, auch am Abend, eh' du einschläfst, aber weinen darfst du nicht!« Mir war, als wäre es ihre Botschaft an mich.

Ein wechselvolles Leben, das uns viel zu wenig Zeit füreinander gelassen hatte, war zu Ende gegangen.

Als ich nach der Beerdigung in die Wohnung zurückkehrte, begann ich ihre Sachen zu ordnen und fand ein Kästchen. Ich hatte es schon früher gesehen, ihm aber keine Beachtung geschenkt. Nun erkannte ich erst, wie schön es war mit seinen kunstvollen, verschiedenfarbig eingelegten Zierfurnieren und der Hochglanzpolitur.

Zaghaft, noch unter dem Eindruck der Trauerfeier, öffnete ich den Deckel und sah, dass es einen unbezahlbaren Schatz enthielt, den Schatz der Erinnerungen.

Alles hatte sie darin aufgehoben, was uns verbunden hatte.

Ich nahm es mit heim, und in einer stillen Stunde begann ich zu lesen. Es war, als ob mir ein Vorhang vor der Bühne des Lebens aufgezogen wurde, auf der wir alle eine Rolle zu spielen hatten. Ich fand darin Geburtsurkunden, Heiratsurkunden und Sterbeurkunden meiner Vorfahren. Ich dachte an die Geschichten meines Großvaters, wenn er mir von früher erzählte, und fragte mich, wer sie gewesen waren und wie sie gelebt hatten, all diese Menschen vor mir.

In dem Kästchen waren ebenfalls sämtliche Briefe, die ich meiner Mutter geschrieben hatte, angefangen von den ersten Schreibversuchen bis hin zur Berliner Kriegszeit. Ganz zuunterst lagen die kleinen himmelblauen Bögen mit Bärchenmotiv, die ich mühsam mit Bleistift bekritzelt hatte – ebenso auch die an Tante Grete. Oma hatte mich immer dazu angehalten, mich für die vielen Päckchen mit allerlei schönen Dingen zu bedanken.

Vergessene Dinge nahmen wieder Gestalt an, und alles, was ich fand, zeigte mir, dass ich immer geliebt worden war, auch über Zeiten der Trennung hinweg. In meinen Gedanken begab ich mich auf eine weite Reise, und die Urkunden und Briefe aus dem Intarsienkästchen stießen mir das Fenster zur Vergangenheit auf.

Detta, meine Tante Grete, überlebte ihre jüngere Schwester um sechs Jahre. Sie war die ganze Zeit in Wien geblieben und verbrachte den letzten Abschnitt ihres Lebens in einem Altersheim, wo sie am

9. November 1979 starb. In ihrem letzten Willen verfügte sie, dass sie ihren Körper der Wissenschaft zur Verfügung stelle.

Sie hatte mein Leben von Anbeginn stark beeinflusst und den Grundstein für meine Begeisterung zum Beruf der Kinderkrankenschwester gelegt.

Grüße aus der Vergangenheit

Manches Mal habe ich wehmütig darüber nachgedacht, dass – je älter man wird – das Leben zu einer Kette von Abschieden wird. Geliebte und vertraute Menschen sind gestorben, andere, die meinen Weg gekreuzt haben, verlor ich aus den Augen, obwohl sie in einem bestimmten Abschnitt meines Lebens von höchster Wichtigkeit waren und ich glaubte, wir würden einander für immer und ewig verbunden bleiben.

Zu diesen Menschen gehörte zweifellos Familie Weiss, mit der ich vor der Roten Armee aus Wien ins Schwäbische geflohen war und denen ich es zu verdanken habe, dass ich dort Fuß fassen konnte. Umso glücklicher war ich, als ich sie nach vielen Jahren wiedersah.

Otto Weiss, der in der Nähe von Wien ein Hotel geführt hatte, verschlug es schließlich auf einigen Umwegen nach Oberstdorf ins Allgäu, wo ihm eine gute Position als Direktor eines großen Hotels angeboten worden war.

Es muss etwa 1960 gewesen sein, als die Familie überraschend vor meiner Tür stand. Horst, inzwischen siebzehn Jahre alt, sagte: »Ich wollte doch noch einmal die Schwester Lore sehen.« Wir tauschten wehmütig Erinnerungen aus und dachten an die Menschen, die im »Haus am Wienerwald« unseren

Alltag geteilt hatten. Horst, der sich natürlich an diese Zeit nicht erinnern konnte, schüttelte bei unseren Gesprächen ungläubig den Kopf. Er war ganz ein Kind der Gegenwart und gerade für einen Schüleraustausch nach Amerika angemeldet.

Nach diesem Besuch haben wir uns erneut und diesmal für immer aus den Augen verloren. Die Nichte Lore schrieb mir später, dass ihr Onkel an einem Herzinfarkt gestorben und die Tante in ihre Heimatstadt Frankfurt am Main zurückgekehrt war. Mehr hörte ich nicht, aber ich habe mich nie mit der Endgültigkeit dieses Abschieds abfinden können.

Auch meine Wiederbegegnung mit einer anderen Familie kam völlig unerwartet. Zwar hatte ich oft an sie gedacht, aber nicht gewusst, wohin es sie nach dem Krieg verschlagen hatte.

Ich hatte die Krumbachs zuletzt gesehen, als ich nach meinem Pflichtjahr bei ihnen im September 1939 nach Berlin gegangen war, um dort die Handelsschule zu besuchen. Damals dachte ich, ich würde sie nie wiedersehen, aber das Schicksal hatte andere Pläne – es ließ die Tür zwischen uns einen Spalt offen. Allerdings sollten viele Jahre vergehen, bis wieder ein Kontakt hergestellt wurde.

Es war 1963. Ich war inzwischen Mutter eines zwölfjährigen Sohnes, als wie aus heiterem Himmel meine Gasteltern aus Zeiten von Kinderlandverschickung und Pflichtjahr vor meiner Tür standen. Wir starrten uns erst ungläubig an und fielen uns dann weinend in die Arme.

Vierundzwanzig Jahre waren vergangen, in denen

viel passiert war – für die Krumbachs war manch Schweres darunter gewesen.

Herr Krumbach war zwar heil aus dem Krieg zurückgekommen, doch Golzow, dieser beschauliche kleine Ort in der Mark Brandenburg, lag jetzt in der sowjetisch besetzten Zone. Haus und Grund wurden enteignet, lediglich ein Wohnrecht blieb bestehen. Auch die Weiterführung des Steinmetzgeschäftes erwies sich aufgrund eingeschränkter Materialzuteilung als schwierig, wenn man nicht das richtige Parteibuch hatte.

Verbittert beschlossen die Krumbachs, in den Westen zu gehen, doch hier fanden sie ihr Glück ebenfalls nicht. Er sei zu alt, hatte es bei Bewerbungen immer wieder geheißen, und auch die Mentalität der Menschen in der jungen Bundesrepublik blieb ihnen fremd – sie kamen ihnen weniger bodenständig vor.

Sie kannten niemanden, und niemand kannte sie. Aber es musste doch irgendjemanden aus glücklicheren Zeiten geben! So fingen sie an, über das Rote Kreuz nach mir zu suchen. Ich war durch meine Heirat mit einem »Einheimischen« nach kurzen Anfangsschwierigkeiten im Schwäbischen längst integriert und hatte nun die Möglichkeit, zu helfen.

Nach dem Krieg war in Spaichingen ein Neubaugebiet entstanden, in dem viele Flüchtlinge wohnten. Hier fand ich eine nette Dreizimmerwohnung, die groß genug war, dass auch noch Frau Krumbachs Schwester, deren Mann im Krieg gefallen war, mit dem Ehepaar einziehen konnte.

Wir besuchten einander regelmäßig, hatten immer viel zu erzählen, waren inzwischen längst zum »Du«

übergegangen und unternahmen schöne Ausflüge in den Schwarzwald. Auch für mich waren diese Freunde von früher eine große Bereicherung.

Aber das Glück ließ sich nicht festhalten. Eines Tages erlitt Fritz Krumbach einen Schlaganfall und starb. Was sollten seine Frau Martha, die schwer zuckerkrank war, und ihre Schwester Hertha jetzt noch in Spaichingen? Sie beschlossen, zu Herthas Tochter nach Frankfurt zu ziehen, wo auch Martha bald darauf starb. Ich telefonierte noch ein paar Mal mit ihrer Schwester, doch dann brach auch diese Verbindung ab.

Allerdings sollte ich sehr viel später, 1993, Frau Krumbachs Bruder Alfred durch einen seltsamen Zufall wiedertreffen.

Ich war mit Freunden nach Berlin gefahren, denn es hatte mich gereizt, die Stadt nach der deutschen Wiedervereinigung zu sehen.

Nachts um zwölf waren wir durch das Brandenburger Tor zum hell angestrahlten Roten Rathaus marschiert und weiter ins Nicolaiviertel, wo wir im Garten der »Zille-Stube« unter einem alten Nussbaum bei einem Glas Wein saßen und einen Ausflug in die Umgebung planten.

Am nächsten Tag fuhren wir in Richtung Werder und Belzig, als ich plötzlich auf einem Ortsschild den Namen »Fredersdorf« las. Ich war wie elektrisiert, denn in diesem Dorf hatte der große Bauernhof von Martha Krumbachs Eltern gelegen.

Die Straße durch Fredersdorf lag wie ausgestorben da. Ein wenig ratlos stolperte ich über das Kopfsteinpflaster und hielt Ausschau nach jemandem, den ich fragen konnte, ob noch jemand aus der Familie hier lebte.

Plötzlich ging ein Mann über die Straße und starrte mich ungläubig an. »Lore, bist du das?« Es war Alfred, den ich zuletzt 1939 gesehen hatte. Er musste damals in den Krieg und ich ins Pflichtjahr. Es war so unwirklich, dass er mir jetzt einfach so über den Weg lief.

Wir begleiteten ihn zum elterlichen Hof, den er jetzt bewirtschaftete, und ich stellte fest, dass sich in der gemütlichen Stube kaum etwas verändert hatte. Lange saßen wir zusammen und redeten über die alten Zeiten, als wir hier im großen Kreis bei Kartoffelsalat und Würstchen erzählt, gelacht und Radio gehört hatten. Inzwischen lebten die meisten nicht mehr.

»Sag mir, wo die Blumen sind …«

Immer wieder in meinem Leben gab es Situationen, in denen mich die Vergangenheit eingeholt hat – meistens ganz unerwartet und an Orten, an denen ich glaubte, dass mich hier nichts mit meinem früheren Leben verbinden würde.

Eine der denkwürdigsten Begebenheiten dieser Art widerfuhr mir 1985 während einer vierzehntägigen Reise durch Italien, die ich mit Freunden unternahm.

Padua, Ravenna, Loreto, Orvieto, Assisi – unvergesslich durch die Lebensgeschichte des heiligen Franziskus –, Rom. Wir hatten viel gesehen – alles hatte mich tief beeindruckt.

Eine Reise zum Kloster des heiligen Benedikt von Nursia, das auf einem Höhenzug, dem Monte Cassino, oberhalb der Stadt Cassino liegt, stand noch aus. Es war ein sonniger, heißer Augusttag, und um die Mittagszeit hatten wir unser Ziel erreicht.

Das letzte Stück mussten wir zu Fuß gehen. Ein langer Weg, der zu beiden Seiten von einer breiten, niedrigen Mauer gesäumt wurde, schlängelte sich steil den Berg hinauf zum Kloster.

Wir waren hungrig und durstig und beschlossen, unterwegs eine Rast zu machen und im Schatten hoher Bäume unsere Lunchpakete auszupacken. Es war ein wundervoller Platz, von dem aus man weit hinunter ins Tal blicken konnte. Wir sahen den Ort – und wir sahen in der Ebene ein weites Feld mit unendlich vielen weißen Kreuzen, die im Sonnenlicht schimmerten. Das war der deutsche Soldatenfriedhof.

Monte Cassino! Auf diesem Höhenzug zwischen Neapel und Rom hatte im Januar 1944 die deutsche Armee, die seit der Landung der Alliierten in Sizilien im Juli 1943 beständig weiter nach Norden zurückgedrängt worden war, eine starke Verteidigungslinie errichtet, die noch bis Mai gehalten werden konnte. Die Kämpfe um diese Stellung gehörten zu den langwierigsten, mörderischsten und verlustreichsten Schlachten des Zweiten Weltkriegs. Nicht umsonst sprach und spricht man von der »Hölle von Monte Cassino«. Unglücklicherweise wurde das weltberühmte Kloster, das auf ausdrücklichen Wunsch des Generals Kesselring nicht in die deutschen Verteidigungslinien einbezogen worden war, am 15. Februar durch einen Bombenangriff völlig zerstört, denn die Alliierten vermuteten deutsche Soldaten dort. In Wirklichkeit befanden sich Hunderte von Flüchtlingen im Kloster, die vor den Kämpfen Schutz gesucht hatten. Viele von ihnen starben.

Während ich friedlich auf der Mauer saß und auf den kleinen Ort und das riesige Gräberfeld hinabblickte, gingen meine Gedanken weit zurück nach Berlin in das Jahr 1943. Der Name Monte Cassino hatte eine Erinnerung wach werden lassen.

Ich war neunzehn Jahre alt und steckte gerade in der Ausbildung zur Kinderkrankenschwester. Der Alltag im Krankenhaus war geprägt von den andauernden Luftangriffen, die zu jener Zeit in ihre heftigste

Phase eintraten und uns Tag und Nacht zu schaffen machten. Wir waren physisch und psychisch ständig angespannt, und so waren wir Schwesternschülerinnen froh, wenn wir an unseren freien Tagen wenigstens etwas Zerstreuung suchen konnten.

An einem solchen Tag gönnten wir uns einmal einen kleinen Ausflug zum Kurfürstendamm, um im »Kranzler« Kaffee zu trinken. Die Sorgen hatten wir mit unserer Schwesterntracht abgestreift und waren nur noch drei fröhliche junge Mädchen, Sigrid, Gretel und ich, die ihren schweren Dienst für ein paar Stunden vergessen wollten.

Es war ein sonniger und warmer Spätherbsttag, sodass am Kranzler-Eck die Tische und Stühle noch draußen standen.

Am Nebentisch saß eine Gruppe junger Soldaten in Fliegeruniform, die offensichtlich gerade auf Heimaturlaub waren. Ich hatte schon bemerkt, dass einer von ihnen sich für mich zu interessieren schien.

Plötzlich stand er auf, trat an unseren Tisch, stellte sich mit einer leichten Verbeugung etwas verlegen vor – sein Name war Günter – und fragte, ob ich ihm eine außergewöhnliche Bitte erfüllen würde. Er und seine Kameraden kämen am nächsten Tag an die Front, zu den Fallschirmjägern nach Italien. Ich hätte so schöne blonde Locken, ob ich ihm eine davon schenken würde.

Ich weiß gar nicht, ob ich seine Bitte merkwürdig fand. Jedenfalls war ich gerührt und rief nach der Serviererin, sie solle mir doch bitte ihre Schere leihen. Das Personal in Cafés und Restaurants hatte damals immer eine Schere in der Tasche, weil ja für jede Bestellung Abschnitte von den Lebensmittelkarten abgetrennt werden mussten.

Unter fröhlichem Gelächter durfte der junge Fallschirmjäger sich schließlich eine Locke abschneiden. Bevor wir uns verabschiedeten, tauschten wir unsere Adressen aus, und in den nächsten Wochen gingen viele Feldpostbriefe hin und her.

Wir lernten einander näher kennen, und allmählich bedeuteten wir uns immer mehr. Er begann, in seinen Briefen von Zukunftsplänen zu träumen, wenn der Krieg zu Ende wäre.

Mir gefielen diese Träume, und mit wachsender Sehnsucht wartete ich auf seine Briefe. Er schrieb mir noch, seine Einheit würde zur Verstärkung der deutschen Verteidigungslinien bei Monte Cassino ins südliche Italien verlegt.

Dann kam der letzte Brief. Es war ein Brief von mir an ihn, der jetzt mit der lakonischen Aufschrift: »Gefallen für Großdeutschland« zurückkam.

Ich konnte lange nicht begreifen, dass Günter tot sein sollte. Gefallen für Führer, Volk und Vaterland – welch sinnloser Tod in diesem sinnlosen Krieg.

Es war eine Liebe, die nie wachsen konnte, weil sie zugrunde ging an dieser schrecklichen Zeit. Vielleicht wären wir ein Paar geworden, wenn er den Krieg überlebt hätte.

Jetzt war ich hier an diesem Ort, wo sein junges Leben zu Ende gegangen war, und vielleicht lag auch er unter einem dieser weißen Kreuze, die ich unten im Tal sah.

Plötzlich setzte sich ein wunderschöner gelber Schmetterling, ein Zitronenfalter, auf meine Hand.

Ich hielt ganz still. Wo kam er nur her? Weit und breit gab es keine Blumen!

Irgendwo hatte ich einmal gelesen, dass eine alte chinesische Weisheit besagt, Schmetterlinge wären die Seelen der Verstorbenen. Es schien mir ein schöner und tröstlicher Gedanke.

Ich fühlte mich plötzlich durch den kleinen Schmetterling aufs Neue verbunden mit dem jungen Soldaten, den ich vor mehr als vierzig Jahren geliebt hatte.

War es tatsächlich eine Botschaft von ihm? Ein Gruß aus einer anderen, einer besseren Welt?

Der Schmetterling erhob sich in die Luft, umflatterte mich und ließ sich ein zweites Mal auf meiner Hand nieder.

»Ja«, sagte ich leise, »ich habe verstanden. Ich habe dich nicht vergessen und denke jetzt an dich!«

Ein Lied, gesungen von Marlene Dietrich, das ich oft gehört hatte, fiel mir ein: »Sag mir, wo die Blumen sind«, in dessen vorletzter Strophe es heißt: »Sag mir, wo die Männer sind. Über Gräbern weht der Wind, wann wird man je verstehn, wann wird man je verstehn?«

Ich dachte, dass es offenbar viele Dinge gibt zwischen Himmel und Erde, die man nicht so einfach verstehen kann.

Dann flog der kleine Schmetterling davon.